D1153194

BIBLIOTECA

F. VIZCAÍNO CASAS

La sangre también es roja

Para Jane y Sergio
con mi más afectuoso
recuerdo

[firma]

20.5.97

F. VIZCAÍNO CASAS

La sangre también es roja

PLANETA

Este libro no podrá ser reproducido, ni total ni parcialmente, sin el previo permiso escrito del editor. Todos los derechos reservados

© Fernando Vizcaíno Casas, 1996

© Editorial Planeta, S. A., 1997
    Córcega, 273-279, 08008 Barcelona (España)

Diseño cubierta: Marc Panero y Mónica Caparrós (foto © F. Català Roca)

Primera edición: noviembre de 1996
Segunda edición: noviembre de 1996
Tercera edición: diciembre de 1996
Cuarta edición: enero de 1997

Depósito Legal: B. 1.408-1997

ISBN 84-08-01928-7

Composición: Fotocomp/4, S. A.

Impresión: Liberduplex, S. L.

Encuadernación: Cervantes Encuadernación, S. L.

Printed in Spain - Impreso en España

Para bien y para mal, el escritor verdadero escribe sobre la realidad que ha sufrido y mamado, es decir, sobre la patria; aunque a veces parece hacerlo sobre historias lejanas en el tiempo y en el espacio.

Creo que Baudelaire dijo que la patria es la infancia. Y me parece difícil escribir algo profundo que no esté uncido de una manera abierta o enmarañada a la infancia.

ERNESTO SÁBATO

¿Cómo sería posible la monstruosa falsificación de la historia reciente a que estamos sometidos si no se encargaran de ella los que no la han vivido ni conocido, ni quieren conocerla?

JULIÁN MARÍAS
(*ABC*, 30 de mayo de 1996)

1

¡Arriba, parias de la tierra!

(De *La Internacional*)

Tenía trece años. Para ser exacto, con cinco meses. Pocas semanas antes de aquel 18 de julio de 1936 había aprobado tercero de bachillerato, con tan buenas notas, que mi padre me regaló un mecano, que me entretenía mucho. Aunque lo que entonces me importaba mayormente era que la víspera de Santiago Apóstol nos íbamos de vacaciones; a veranear, solía decirse. Y nada menos que seis semanas. Lo haríamos en el pueblo de siempre, allá por la provincia de Teruel; y no es que ofreciese demasiados atractivos, la verdad: bañarse en el río, salir de excursión a las pinadas cercanas, cazar mariposas. Los chicos mayores lo pasaban mejor, porque bailaban todas las noches en la terraza de la fonda. Pero mis padres opinaban que aquello era muy sano, que los mil metros de altura resultaban beneficiosos para nuestra salud después de todo el año al nivel del mar. Y además, estaba bien de precio.

Eso de los precios preocupaba mucho a mi padre, que últimamente andaba obsesionado con la mala racha del negocio, la tienda de bisutería y artículos para regalo a la que había consagrado toda su vida, hasta conseguir un buen prestigio entre los comercios de la ciudad. Pero su clientela más asidua, gentes de la clase media, como nosotros, llevaba varios meses retraída, inquieta por la situación del país: la cuestión política, oía yo decir. Y que los muy ricos estaban marchándose al extranjero, temerosos de que en España ocurriera algo gordo.

Y así fue, pues aquel sábado 18 de julio llegó mi

11

padre a casa, a la hora de almorzar, con la cara muy seria; como siempre, le esperábamos mi madre, el abuelo, mi hermano Enrique y yo sentados a la mesa. Nada más entrar en el comedor, sin ningún preámbulo, nos anunció:

—El Ejército se ha sublevado en África.

Ni él ni nadie podía suponer entonces lo que nos aguardaba. Por la tarde, la radio repitió una y otra vez un comunicado del gobierno, que tranquilizaba, bueno, pretendía tranquilizar al país, asegurando que mantenía dominados todos los resortes del poder, que la calma en la Península era absoluta y que el foco rebelde de Marruecos sería rápidamente sometido. Pocos días tardamos en comprobar que no era así; el alzamiento fue extendiéndose y, una semana después, media España andaba a tiros contra la otra media.

Hoy, cuando recuerdo todo esto, han pasado más de sesenta años y somos pocos, una minoría entre la población actual, quienes vivimos conscientemente los 976 días de constante angustia; quedan menos españoles todavía de los que participaron activamente en la contienda. Y, sin embargo, el drama se nos sigue recordando; existe en algunos, en demasiados, como una obsesión por revivir de continuo sus más lóbregos detalles. Muchos de los que escriben o hablan sobre ellos lo hacen de oídas, sin conocimiento directo; para su fortuna, nacieron después. A pesar de lo cual, pontifican, acusan, describen y desbarran.

Lo que voy a contar lo viví enteramente. Pese a que por entonces tan sólo me asomaba a los umbrales de la adolescencia, las vivencias quedaron marcadas para siempre en mi memoria. Lo mismo les ha ocurrido a todos los hombres y mujeres de mi generación: los *niños de la guerra*. Nuestros recuerdos del trienio trágico no nos abandonaron jamás; ni a los del uno ni a los del otro bando. Ocurre que sólo los irreconciliables han sido capaces de mantener durante tanto tiempo odios y rencores y, lo que aún es peor, de transmitirlos a sus hijos. A Dios gracias, la inmensa mayoría de aquellos niños, de aquellos combatientes, dejamos pronto de mirar hacia atrás y preferimos buscar un futuro de concordia.

Para asentarlo todavía más, para desterrar cualquier tentación involutiva, como muestra de lo que jamás puede repetirse, abro el baúl de los recuerdos en este aniversario del tremendo drama. Son los recuerdos de Eduardo Calatayud Muntané, actualmente catedrático jubilado de historia contemporánea, hijo de Enrique y de Antonia, de 73 años, padre de tres hijos y abuelo de ocho nietos. Los recuerdos de un niño de derechas, que pasó la guerra civil en la zona roja.

Que así se llamó siempre; lo mismo que rojos, sin el menor acento peyorativo, fueron llamados quienes combatían en defensa del gobierno del Frente Popular. Ellos lo asumían plenamente; por eso titularon con el simbólico color de la revolución rusa a muchas de sus unidades milicianas, *Águilas rojas, Amanecer rojo, Leones rojos.* Y a la organización que les procuraba auxilios en el mundo: Socorro Rojo Internacional. Y al Cerro de los Ángeles le pusieron Rojo y a muchas plazas, la de Tetuán, de mi ciudad, entre otras, Rojas las denominaron. Y roja fue siempre la bandera que con mayor entusiasmo enarbolaban.

La sangre también es roja.

* * *

Los domingos íbamos a misa a la parroquia, que quedaba cerca de casa. Mi madre lo hacía a diario; era muy devota y solía lamentarse de que mi hermano y yo hubiésemos salido poco piadosos. Tibios, nos llamaba. Tampoco nuestro padre sentía excesivas inquietudes religiosas, aunque cumplía los deberes más elementales, que buen cuidado tenía doña Antonia en recordarle las fiestas de guardar y sus demás obliga-

13

ciones de buen cristiano. Mucho sufría, en cambio, con el abuelo Luis, que era agnóstico (de lo que me enteré muchos años después, porque ella le llamaba simplemente ateo) y profundamente anticlerical. Leía, más bien decía que leía, a Voltaire y usaba como libro de cabecera uno titulado *Las ruinas de Palmira*, que Enrique y yo teníamos rigurosamente prohibido hojear siquiera. Había enviudado pronto, cuando mamá era una niña y, según contaban, se volvió desde entonces cascarrabias, mal hablado y putañero. Naturalmente, muy republicano, sentía una especial manía hacia el rey, él decía ex rey, Alfonso XIII, de quien contaba terribles desafueros.

En la misa dominical coincidíamos regularmente con familias vecinas. Las señoras iban emperifolladas, cargadas de bisutería y siempre con los guantes puestos, aunque el calor apretara. Y por supuesto, con mantilla; en lo de las mantillas existía como un espíritu competitivo, a ver quién la tenía mejor y con el celaje más fino, y alguna, como la mujer de Murgadas, el abogado, tardaba en repetirla varios domingos. Mi madre, a pesar de su habitual discreción, comentaba que aquello suponía una ostentación nada cristiana y muy poco edificante. Pero doña Fina, así se llamaba, era presumida en todo, no sólo en el vestir, sino que también se vanagloriaba de tener los hijos más guapos, las criadas más eficientes y al mejor abogado de la ciudad, como marido.

Ahí no le faltaba razón. A don Amalio Murgadas le admirábamos todos, porque se expresaba de una manera que daba gusto oírle y tenía una cultura sólida y, al revés que su esposa, sus maneras eran sencillas y su trato siempre afable. Además, como letrado resultaba magnífico. Un abogado de aquellos de entonces, que sabían de todo y lo mismo defendían a un reo injustamente acusado, que ganaban un desahucio, un pleito administrativo o un divorcio, de los que últimamente tantos se estaban produciendo, desde que se aprobó la ley que los autorizaba.

Vestía también con elegancia, una elegancia más auténtica que la de doña Fina; sobria, quiero decir. Con trajes hechos a medida y camisas de seda y los zapatos o los botines, siempre relucientes. Pero lo que a mí más me impresionaba eran sus sombreros de paja, canotiers les decían, que se calaban sobre la incipiente calva en cuanto llegaba la primavera y que subían y bajaban al compás de los saludos, cada vez que se cruzaba con algún conocido y no se diga, si de dama se trataba.

Todo lo contrario hay que decir de Pepito Banquells, siempre llamado en diminutivo, aunque ya no cumpliría los cuarenta. Solterón contumaz, bohemio, consumía sin remilgos las rentas de un huerto de naranjos y una finca en el ensanche que había heredado y era más aficionado a los teatros de varietés y a los dancings que a la iglesia. Los domingos, sin embargo, tampoco faltaba a misa de doce; se quedaba en la puerta, saludando a todo el mundo, porque todo el mundo le conocía; dejaba pasar la primera parte de la misa, hasta el evangelio, y entraba entonces en el templo, para salirse al llegar la comunión y aguardar en la calle, fumando un cigarro, a que se abriesen las puertas, para devolver a los feligreses.

Nuestra madre le trataba con cierta frialdad, a pesar de que él se mostrara siempre singularmente amable con ella, como con todas las señoras. Los maridos, papá también, le tomaban del brazo con afecto y disimuladamente se alejaban de las mujeres, para escucharle contar el último chiste, por supuesto, subido de tono. Lo celebraban con moderadas risitas y, al reincorporarse al redil conyugal, todos coincidían en el mismo comentario:

—¡Este Pepito no tiene arreglo...!

Fue a comienzos de junio cuando la normal placidez de estas salidas de misa, con breve tertulia entre las amistades sobre temas triviales, mientras los chicos cambiábamos cromos *Nestlé* y nos acercábamos al kiosco inmediato para comprar el *Aventurero*, se alteró inesperadamente. A pocos metros de la iglesia, en la plaza de Castelar, las gentes se agolpaban en las aceras; otras, por el contrario, corrían a refugiarse en los portales. Aquéllas gritaban vivas y mueras, mientras aplaudían con entusiasmo el desfile que avanzaba por la calzada central.

Un desfile inédito hasta entonces: el de las juventudes socialistas y comunistas. A su frente, banderas rojas con la hoz y el martillo y cuatro enormes cartelones, con las fotos de Lenin, Stalin, Largo Caballero y Pablo Iglesias. De tres en fondo, hombres y mujeres impecablemente uniformados: camisa roja y corbata azul o camisa azul celeste y corbata roja, según fuesen del PCE o del PSOE. Marcaban el paso desigualmente, aunque con similar energía. Todos llevaban el puño en alto, y a la altura del edificio del Ayuntamiento se detuvieron y comenzaron a cantar *La internacional.*

Se había reunido alrededor de ellos una considerable multitud, de aspecto proletario, que se sumó al cántico, para cerrarlo con estruendosos vivas a Rusia y a la revolución y gritos de ¡UHP, UHP!, unión de hermanos proletarios. Y reanudóse el desfile, mientras nosotros, los Murgadas, Banquells, el coronel Ochando, que, como todos los domingos, iba de paisano y algún otro matrimonio, nos aproximamos los unos a los otros, buscando protegernos mutuamente y muy callados, asistíamos desde el fondo de la acera al espectáculo.

Casi habían desfilado todos los uniformados, cuando alguien de los que les seguían reparó en nuestro grupo y alertó a los demás, gritándoles:

—¡Mirad a esos beatos! ¡Vienen de comer hostias! ¡Enemigos del pueblo! ¡Cavernícolas...!

Entonces, mientras el desfile continuaba su marcha, varios individuos greñudos se acercaron adonde estábamos, profiriendo insultos y amenazas. Una mujer esquelética, que llevaba pañuelo rojo al cuello, nos escupió. Y un enorme abucheo coreó las agresiones verbales, que por fortuna no pasaron de eso. Lo aguantamos en silencio, mamá rezaba por lo bajo, Enrique y yo nos agarrábamos a la chaqueta de nuestro padre, que estaba pálido. Fueron unos minutos terribles; hasta que el grupo cesó en sus gritos y avivó el paso, para incorporarse a la cola del desfile.

Vacilamos antes de seguir el camino hacia casa. Murgadas comentó:

—El gobierno ha perdido toda su autoridad; es inconcebible que ni un solo guardia procure mantener el orden. —Se dirigió al coronel Ochando—: ¿Qué le parece el espectáculo?

El militar se limitó a hacer un gesto de resignación. Mi padre aconsejó:

—Creo que lo más prudente será que cada cual siga su camino...

Efectivamente; sin apenas despedirse, las familias se desperdigaron. Llegaban todavía, como un eco amenazador, los gritos y las imprecaciones de la masa, que doblaba siguiendo el desfile por la esquina de la avenida. Ya en casa, nuestra madre rompió en sollozos.

—Tranquilízate, Antonia —le pidió papá.

—Tengo miedo.

—Esto pasará, mujer. Las autoridades tienen que tomar medidas...

Mi hermano y yo, en nuestro cuarto, tardamos en hacer algún comentario. También habíamos pasado miedo, la verdad. Fui yo quien rompió el silencio.

—A ver qué cuenta mañana Labernia, en el colegio...

*   *   *

Una de las primeras leyes de la República, con Azaña en el poder, había disuelto la Compañía de Jesús y prohibido la enseñanza a las comunidades religiosas. En seguida se hizo la trampa; las órdenes se camuflaron como empresas privadas, incluso los jesuitas, y abrieron colegios aparentemente laicos. Nosotros estudiábamos en la Academia Nebrija, que era, en realidad, de los Hermanos Maristas. Como dije al principio de esta historia, yo estaba en tercero de bachillerato y Enrique iba por el quinto.

En su clase estudiaban, por tanto, *los mayores*, a quienes admirábamos y, desde luego, envidiábamos, no sólo por su edad, sino porque andaban ya metidos en política; al menos, así lo parecía, por las cosas que contaban durante el recreo. Y es que en aquel tiempo, con una constante crispación en las calles y en los periódicos y en el Parlamento, todo el país se obsesionaba con la política y no se hablaba de otra cosa en las casas y los muchachos que ya eran adolescentes se contagiaban del clima general y tomaban partido, con el apasionamiento de los pocos años, y hasta, en ocasiones, reproducían a menuda escala las disputas ideológicas que oían contar.

Miguel Labernia, uno de los de quinto, era hijo del cónsul de Italia y nos había tenido al corriente de la guerra de Abisinia, por supuesto desde su particular óptica. Según él, el ejército de Mussolini había llevado a Etiopía la civilización y el progreso, para acabar con la ignorancia y el secular atraso del país del *Negus*, Haile Selassie. Siempre le llevaba la contraria Pedro Járcenas, de su mismo curso, que era muy de izquierdas, marxista, más bien, y que defendía el derecho de los etíopes a mantener su independencia y acusaba a los fascistas de invasores y criminales. Las discusiones entre ambos subían tanto de tono, que más de una vez tenía que intervenir don Fidel, el profesor de matemáticas que vigilaba los recreos, para que aquello no terminase a golpes.

Labernia nos adoctrinaba también sobre la política fascista y glorificaba la figura del *Duce*, que, a su decir, había recogido una Italia pobre y dividida y la había convertido en imperio poderoso, en una de las naciones más influyentes de Europa. Por supuesto que sus alabanzas tropezaban en seguida con la airada réplica de Járcenas, para quien el ejemplo político a seguir era el de la Rusia soviética, con su reparto de la riqueza, su preocupación social y aquellos planes quinquenales, que ésos sí que habían cambiado el país de arriba abajo, después de tantos siglos de miseria, bajo el reinado despótico de los zares.

Los más pequeños asistíamos a estas discusiones con la boca abierta, pasmados por los conocimientos de uno y otro. Comprendo ahora que ambos reproducían lo que escuchaban decir en sus casas; eran, en definitiva, portavoces de las opuestas tendencias familiares. Mi hermano Enrique terciaba en alguna ocasión, lo mismo que su amigo Tomás, Tomás Alagón, otro de quinto, que se había entusiasmado con aquel partido reciente, Falange Española, y se sabía de memoria los discursos de su jefe, José Antonio Primo de Rivera, y pretendía convencernos a todos de que la única solución para España estaba en su doctrina. Con mucho énfasis, aseguraba que debíamos sentirnos mitad monjes y mitad soldados; y mostraba con orgullo las insignias falangistas, un yugo y unas flechas en rojo, que, decía, simbolizaban afanes imperiales.

Tantos años después, me asombran las cotas de politización a las que habíamos llegado, siendo tan críos. Pero en la primavera del 36, la primavera trágica, se la ha llamado más tarde, ése era el ambiente que se respiraba en todos lados, en los hogares y en las calles, en las reuniones familiares y en las tertulias de los cafés, hasta en los espectáculos. Había toreros de derechas y de izquierdas; al gran Ricardo Zamora, nuestro héroe futbolístico, le acusaban en los periódicos anarquistas de burgués; y en los teatros, la gente conservadora aclamaba *El divino impaciente*, de Pemán, mientras que los del Frente Popular vitoreaban *Nuestra Natacha*, de Casona.

No quiero decir con esto que los chicos no hiciésemos compatible semejante ánimo beligerante con las ilusiones propias de nuestra edad. Quizás al fascista Labernia le admirábamos también porque tenía un cochecito *ynokae*, el juguete de moda, al que se le daba cuerda y recorría las mesas retrocediendo al llegar a los bordes, como su propio nombre indicaba. Todos, también, coincidíamos en los mismos tebeos, a pesar de nuestras discrepancias políticas, y en las historietas de los *Hombres audaces*, nada menos que Doc Savage, La Sombra, Bill Barnes y Pete Rice, el sheriff de la Quebrada del Buitre.

Leíamos en casa *Estampa* y, cuando se descuidaba nuestro padre, nos excitábamos con las fotografías *de arte* de Manasés, que venían en las últimas páginas de *Crónica* y que presentaban a unas mujeres preciosas, casi desnudas. Tomás, que siempre fue un pillín, conseguía alguna semana recortarlas y las mostraba a hurtadillas en el colegio y hasta creo que alguna vez las vendió a un compañero de clase por un real.

Debo decir que en nuestra casa y contra la costumbre reinante, apenas se hablaba de política. Mi padre jamás perteneció a ningún partido, aunque en las elecciones de febrero votase a la CEDA. Tenía amigos de todas las tendencias, pues solía decir que lo que le importaba de las personas era cómo actuaban y nunca, lo que pensaban. El abuelo Luis, ni que decir tiene, votó al Frente Popular; para él, Gil Robles estaba a las órdenes del Vaticano y carecía de verdadero espíritu republicano. Siempre que decía estas cosas, por lo común muy enfadado, mamá bajaba los ojos y estoy seguro de que rezaba por su redención.

Claro que mi padre se consideraba, y así se definía de continuo, persona *de orden*. Conservador, se entiende. ¿Cómo no iba a serlo si partiendo de una posición modesta, trabajando desde los quince años, sin otra educación que la primaria, porque su madre enviudó joven y no pudo darle estudios de mayor enjundia, había conseguido una decorosa estabilidad económica? De ahí que se inclinase hacia los gobiernos que garantizaban tranquilidad al país, que permitían el aumento de la prosperidad general, en beneficio de todos los ciudadanos.

«¡Cuánto echaremos de menos a don Miguel Primo de Rivera!», era la única opinión política que a veces formulaba.

Y se ponía a discutir con su hermano Jaime; sólo con él hablaba de estos temas. Tío Jaime era hijo del segundo matrimonio de la difunta abuela Dolores, o sea, hermanastro de papá, que le llevaba doce años de diferencia. Por lo cual, en cierta medida, había ejercido con él funciones paternales, pues su segundo marido también le duró muy poco a la abuela: murió a los tres años de casarse. De ahí que tío Jaime sintiera un evidente respeto hacia nuestro padre, aunque sus caracteres no tenían nada que ver.

Pues él había sido niño mimado de su madre y creció entre algodones, porque de pequeño andaba siempre pachucho y desde entonces apuntó dos características que nunca le abandonarían: su espíritu independiente, más todavía, aventurero y su escasa proclividad hacia el trabajo. La abuela se volcó con Jaime; a los quince años le mandó interno a una escuela de maestría industrial de Barcelona, de donde se fugó, para alistarse en la Legión. A Ceuta tuvo que acompañar mi padre a doña Dolores, para rescatar al rebelde, una vez acreditada su minoría de edad.

En 1936, tío Jaime se había convertido en un mozo de veintiocho años, alto, bizarro, con el pelo muy negro, aplastado por el fijador, ojos garzos, planta de macho cabal y con una simpatía arrebatadora. ¿Habrá que decir que las mujeres se lo rifaban? Hasta se casó con una, de familia rica y muy hermosa, según oí decir, pues no llegué a conocerla; a los tres años escasos de matrimonio y aprovechando la ley Azaña, se divorciaron. Después tuvo amores con una artista, que le duró menos, y con una francesa, profesora en una academia, todavía más fugaz. Y a comienzos del 36, se enredó (así decía mamá, santiguándose al decirlo) con Rogelia Martínez, una líder del Partido Socialista, de mucha categoría, mayor que él y que, por las trazas, había conseguido dominarle.

¿Habrá que aclarar, también, que los sobrinos admirábamos profundamente al tío Jaime? Le veíamos de tarde en tarde, porque a casa venía poco. Para evitar los sermones de mamá, a quien, sin embargo, quería muy sinceramente y siempre la llamaba *hermana Tonica*, se encontraba con su hermano en la tienda o en cualquier otra parte. A nosotros nos fascinaba su vida (y eso que la conocíamos sólo a retazos) y nos ganaba con su gracia y con su generosidad; aún debo de tener por algún anaquel el ejemplar de *Ivanhoe* que me regaló, con una dedicatoria muy cariñosa, cuando cumplí los trece años.

* * *

Enrique Calatayud cierra puntualmente su tienda, El Capricho, se llama, a las siete de la tarde. Los dos dependientes y el botones recogen mercancías, ordenan los mostradores y un cuarto de hora después, arriba o abajo, se despiden del patrón. Que se encierra entonces en el pequeño despacho que hay en el entrepiso, para echar cuentas, contestar personalmente el correo y organizar la siguiente jornada.

Poco antes de las nueve de la noche ya se le puede encontrar en la barra del bar Balanzá, que está a dos manzanas de El Capricho, abriendo su fachada en semicírculo a la plaza de Castelar. Allí se reúne con Pepito Banquells, que suele llegar todas las noches el primero, después de haberse recorrido las tertulias del Círculo Gallista y de la Agricultura y con Pedro Serra, gordinflón, menudo, siempre dominado por el pesimismo, cuya tienda de bolsos está en la misma calle de Pi y Margall, y con Anselmo Boils, representante de productos farmacéuticos, el intelectual del grupo, persona leída y de profundas filosofías, militante tradicionalista, que lleva bordadas en las camisas las iniciales D.P.R.; obviamente no son las de su nombre, sino que responden a la triple invocación de su ideal, Dios, Patria y Rey.

En Balanzá se bebe la mejor cerveza de la ciudad, sobre todo la de presión, que tira con incopiable maestría don Julio, el propietario del bar. Desde las siete de la mañana hasta las tres de la madrugada está allí, frente al grifo, atento al ir y venir de la clientela, mientras trasvasa las jarras equilibrando la espuma y alineando después sobre la barra los bocks transparentes en su limpio amarillo, coronados por una cresta blanca asombrosamente simétrica en todos.

Don Julio es persona popular; como su calva, absolutamente limpia y brillante. Viste unas chaquetillas blancas impecables, que se cambia tres veces al día y de cuyo cuello penden unos gemelos de oro. Su republicanismo ha sido siempre visceral; incluso en tiempos de la monarquía de don Alfonso, ya tenía en el vestíbulo de su domicilio una gran bandera tricolor, que besaba cada vez que salía de casa. Y en el salón, sobre una larga estantería, la colección completa de la obra de Blasco Ibáñez, en la colección de lujo de Prometeo, con pastas blancas y dorados cantos. *Don Vicent*, como le llama, es su ídolo.

Pepito Banquells está hoy eufórico; acaba de vender unas hanegadas de huerto y quiere celebrarlo con sus habituales contertulios.

—Pero, Pepito, ¿no le parece un error desprenderse de una parte de su patrimonio? —le recrimina Calatayud.

—Mire, Enrique, en otras circunstancias, nunca lo hubiese hecho. Pero veo muy oscuro el porvenir, el país se va a la mierda, como no haya un milagro y, como yo no creo en los milagros, pues ¡a vivir, que son dos días!

Boils reflexiona:

—Es verdad que las expectativas no pueden ser peores; sin embargo, su decisión se me antoja frívola, nada constructiva. Y usted perdone, Pepito. Se hablan de usted entre ellos, a pesar de sus muchos años de amistad.

—Pues yo le aplaudo —opina Serra—, y ojalá pudiese también parcelar mi patrimonio y gastarme el dinero con mi familia, antes de que se lo lleve el populacho. Pero, claro, el comercio es otra cosa...

—A ver, una de gambas —pide Banquells—. Por supuesto, están ustedes invitados...

El bar se ha llenado de un público variado, heterogéneo, más bien de medio pelo. Las chicas de los cercanos cabarets, la zona está llena de tales establecimientos, comen bocadillos, a cargo de los admiradores de turno. Otras, en cambio, sufragan el aperitivo del mozo espigado, raya al medio, muñeca cargada de pulseras, sortija escandalosa en el anular, pantalones ceñidos, que las acompaña con aire displicente: su macró. Sentado en uno de los veladores está, como cada noche, Marianet, el ordinario, haciendo tiempo para agarrar el último tren para Alcira. Junto a él, en el suelo, dos grandes fardos acogen los encargos recibidos de los clientes del pueblo y todos cumplidos puntualmente.

Marianet viste siempre de blusa negra, de seda, y pantalones de pana, también negros, a cuyo alrededor se ciñe la faja de lana, amplia, en cuyo interior guarda los billetes de banco, como lugar ideal para preservarlos de cacos y socaliñeros. Fuma una tagarnina reseca, enroscada, sólo apta para gargantas tan sólidas como la suya, capaz asimismo de tolerar considerables dosis de un vino de Turis, agrio, duro, de hiriente aspereza. Y nunca se quita el sombrero, abollado, casposo, que parece talmente que lleve atornillado al cráneo.

Los camareros conocen sus aficiones taurinas y le pican con comentarios voluntariamente molestos para sus predilecciones.

—Anda, que el pasado domingo, Barrera le mojó la oreja a Enrique Torres... Eso sí que es torear, don Mariano...

El ordinario no se excita nunca; es cachazudo, calmo, tranquilo, como buen huertano. Insiste el camarero:

—Hasta *Rafaelillo* estuvo mejor que Torres...

Marianet bebe despaciosamente un trago de vino.

—No sabéis una puñetera palabra de toros —pontifica—. Enrique Torres es un torero cojonudo, el mejor de todos. Lo que pasa es que no se recata en decir que es de izquierdas y eso no se lo perdonan los señoritos de las gradas de sombra, que son los que mandan en la plaza.

Don Julio deja por un momento el grifo de la cerveza al cuidado de uno de los mozos, seca sus manos en una servilleta y se acerca, desde detrás de la barra, al grupo de Enrique.

—¿Qué se cuenta, señores?

—Lo de siempre —responde Serra—. Que el país está de pena.

—¿Qué dicen en el Partido Autonomista? —se interesa Boils.

—Hay preocupación —don Julio baja la voz—. Miren ustedes; a los republicanos de verdad, a los de toda la vida, nos están dando de lado estos muchachitos insensatos, envenenados por Largo Caballero y por los comunistas... Sólo hablan de la revolución del proletariado, de que hay que acabar con la burguesía. Para ellos, los que tenemos algún dinero, somos gentes a exterminar. ¡Como si nos lo hubiesen regalado!

—¿Leyó ayer *El Socialista*? —le pregunta Calatayud.

—No lo hago nunca; me repele.

—Pues conviene hacerlo algunas veces, para saber lo que se nos viene encima. Atiendan, atiendan...

Saca del bolsillo un recorte del periódico y lee:

—*Atención al disco rojo. ¿Concordia? ¡No! Guerra*

a muerte a la burguesía criminal. ¿Concordia? Sí, pero entre los proletarios que quieran salvarse. ¿Qué les parece?

—Son unos fanáticos... —comenta Serra.

—Ustedes me conocen de sobra. Toda mi vida luché por la República; pero no es esto, no es esto.

—Lo mismo dijo, ya hace tres años, Ortega y Gasset —enfatiza Boils.

Está claro que los demás no saben de quién se trata. Banquells rompe la pausa vergonzante.

—Sírvanos otros cuatro dobles, Julio..., y un plato de jamón.

Y mientras se aleja el barman, anuncia, ufano:

—Mañana me compro un coche. Sí, no pongan esas caras. Ya les he dicho que, mientras pueda, estoy dispuesto a pasarlo bien.

—¿De qué marca?

—Un Plymouth; americano, de la casa Chrysler. Ya lo he elegido: verde oscuro. Veinte caballos.

—Pero, ¿usted sabe conducir?

—Por supuesto. Saqué el carnet el año pasado; al mismo tiempo que la licencia de armas. Porque tengo una Star, último modelo, con las cachas nacaradas.

—Vaya con cuidado, Pepito; las pistolas las carga el diablo —aconseja Enrique Calatayud.

—Ahora, con el coche, podré salir al campo a practicar el tiro. Ustedes también debían hacerlo. Tal como están las cosas, hay que prepararse por lo que se nos pueda venir encima. ¿O no vieron el desfile de las juventudes marxistas, el domingo pasado? Bueno, usted claro que sí, Enrique; salíamos de misa, ¿recuerda?

—¡Cómo no lo voy a recordar! Pasé un rato malísimo; sobre todo, por mi mujer y los chicos. De todas formas, no creo que la solución esté en ponernos también a su altura...

Sirvieron las nuevas cervezas y el jamón serrano, en tacos prietos, cuidadosamente cuadriculados. Los cuatro amigos buscaron consuelo para sus preocupaciones en el aperitivo, comiendo en silencio.

—Señores, son las nueve y media... —recordó Boils cuando habían dado buena cuenta de la ración—. Habrá que ir pensando en marcharse...

Banquells echó sobre la barra, con manifiesta ostentación, un billete de cien pesetas; cuando le dieron la vuelta, dejó un duro de propina. Pedro Serra le recriminó:

—No se pase, Pepito. Va a acostumbrar mal a los camareros...

—Un día es un día...

Se despidieron, como siempre, en la acera de la plaza de Castelar. Como siempre, también, Banquells y Enrique Calatayud anduvieron todavía juntos un trecho, hasta la siguiente esquina.

—¿Sabe qué estoy pensando? —dijo aquél—. Que el domingo próximo tendré mucho gusto en invitarle a usted, a su señora y a los chicos a una excursión, para inaugurar el Plymouth.

—Muchas gracias; pero si tiene algún otro compromiso...

—Ya sabe cuál es mi situación. Vivo solo, sin familia; tengo muchos conocidos, pero pocos amigos; usted es uno de ellos...

—Se le corresponde con verdadero afecto.

—Pero ahora que caigo, no habrá sitio para su suegro...

—No se preocupe; él se irá, como todos los domingos, a su abono del teatro Eslava.

—Pues entonces, ¡decidido! Podemos ir al balneario de El Paraíso, en la provincia de Teruel, cerca de Manzanera... Debe de haber unos doscientos kilómetros; en tres horitas estaremos allí... ¿qué le parece?

—Estupendo. Pero se dejará en casa la pistola, ¡eh!... —bromeó.

Un abrazo selló la despedida.

* * *

Amaneció un domingo espléndido. A las nueve en punto, Banquells llegaba frente a la casa, conduciendo su flamante automóvil. Bernardo, el portero, acababa de abrir el portal; su mujer, Eulalia, estaba fregando los primeros peldaños de la escalera.

—Buenos días; ¿tiene la amabilidad de avisar a don Enrique Calatayud? —rogó Pepito.

Sin contestar al saludo, Bernardo fue hacia el teléfono interior, con pasos cansinos y transmitió el recado, al tiempo que Eulalia dejaba la bayeta, se recogía el pelo con la mano mojada y miraba hacia el coche con un gesto de desprecio.

Mientras nuestra madre repetía una y otra vez su agradecimiento a Banquells por su invitación, mi hermano y yo rodeamos el coche y nos entusiasmamos con la belleza de su línea y, una vez acomodados, abrumamos a su dueño con preguntas más o menos técnicas sobre el motor y las marchas y el consumo de gasolina y, sobre todo, la velocidad.

—Puede llegar a los ciento veinte por hora; pero no se asuste, señora. No pienso pasar de los ochenta.

—Además, como está en rodaje... —aventuré.

—Efectivamente. No conviene forzarlo...

Pronto estuvimos en carretera y, cerca de Sagunto, los naranjales geométricamente alineados a uno y otro lado del camino llenaron de verde nuestros ojos. Poco antes de la histórica ciudad, giramos a la izquierda y bordeamos un montón de cascotes y piedras amontonadas.

—Ahí estaba el monumento a Martínez Campos, recordando que en este lugar proclamó rey a Alfonso XII. Lo destruyeron cuando llegó la República... —explicó Banquells.

—Menos mal que han respetado el asfalto y los bordillos de la calzada, a pesar de que los construyó la dictadura... —comentó nuestro padre.

—La indigna dictadura, como ahora le dicen...

28

Los pueblos comenzaban a desperezarse; seguían los naranjos dominando el paisaje y se escuchaban las campanas de las iglesias, llamando a misa. Atravesamos Segorbe, sede episcopal; en las paredes de las casas todavía quedaban carteles de la pasada campaña electoral. En unos, la papada de Gil Robles; en otros, las listas del Frente Popular. Toscamente pintadas en negro sobre algunas fachadas, precisamente las de los edificios que parecían más distinguidos, hoces y martillos. Y siglas políticas: CNT-FAI. POUM. BOC. UHP. Y frases agresivas: ¡Muera el capitalismo! ¡Viva Rusia! ¡Abajo el clero! ¡Muera Dios!

A ratos, Banquells dedicaba unas palabras de entusiasmo a la buena marcha del coche. Que subió con alegría las empinadas cuestas del Rabudo; una vez en lo alto, descendimos del vehículo para contemplar durante un buen rato un hermoso paisaje, ya radicalmente distinto al anterior. Ahora teníamos delante campos áridos, arbustos de hojas grises, matorrales de los que escapaban con susto conejos y sobre los que revoloteaban urracas de vario plumaje.

A medida que nos adentrábamos en la provincia de Teruel, el contorno se hacía más duro, más arisco, más pobre. La circulación era escasa; adelantamos varios carros de labranza y los buenos reflejos de Banquells evitaron que atropellásemos a un mulo que, asustado por el sonar del claxon, se cruzó por delante del Plymouth, soltándose del ronzal de quien le llevaba, un viejo arrugado, que nos insultó a grandes voces:

—¡Señoritos de mierda! ¡Hijos de puta...!

Habíamos pasado ya Manzanera y nos acercábamos a Los Cerezos; algunos kilómetros más allá, el balneario, nuestro destino. Pero poco antes del pueblo, la carretera aparecía cortada con unos pedruscos y varios troncos; alrededor de los cuales, un grupo de campesinos levantaban los brazos, agitando hoces, horcones y guadañas. Detuvo Banquells el coche y dos individuos con barba de días, sucios, mal vestidos, se acercaron a la ventanilla; uno de ellos se quedó en segundo término, blandiendo una garrota; el otro saludó, diciendo:

—¡Salud, camaradas!

Nadie supo qué contestar.

—Estamos haciendo una colecta para el Socorro Rojo. A ver qué nos dais... Una aportación voluntaria, se entiende... —ironizó.

El de atrás sacudía rítmicamente la mano izquierda sobre la tranca, sin dejar de mirarnos fija y amenazadoramente. Banquells sacó del bolsillo unas monedas y se las entregó al patibulario, que las sopesó con gesto de fastidio.

—Esto es poco. A ver, tú... —se dirigió a mi padre. Que también le entregó un puñado de calderilla.

—Sois muy generosos. Seguramente aquí, la compañera —señaló a mamá— tendrá más esplendidez...

Banquells buscó entonces en su monedero, y sacó un duro de plata.

—¿Está bien así? —preguntó.

—Bueno, no está mal.

Hizo un gesto a los que estaban en la carretera, que quitaron los obstáculos que impedían el paso. Levantó el puño cerrado y gritó de nuevo:

—¡Salud! ¡UHP!

Tardamos en reaccionar; así que cruzamos por el pueblo en silencio y sólo, ya de nuevo en campo abierto, comentó mi madre:

—¡Es inconcebible! ¿Cómo se toleran estos atracos? Porque ha sido un atraco.

A la salida de una curva inmediata, una pareja de la Guardia Civil, con el mosquetón al hombro, caminaba lentamente en nuestra misma dirección. Banquells paró junto al guardia que marchaba por la derecha y, sin contener la indignación, le contó lo sucedido.

—Están ahí, al otro lado del pueblo, a menos de un kilómetro...

—Ya, ya lo sabemos —le contestó el número.

—Entonces, ¿cómo lo consienten? Se trata de un atropello, de un auténtico robo. Como ciudadano, tengo que exigirles que nos defiendan...

El guardia civil, un veterano de atezado rostro, se destocó el tricornio y, al tiempo que secaba el sudor de la brillante calva con un arrugado moquero, respondió, sin atreverse a mirar a la cara de don Pepito:

—Tiene usted toda la razón, caballero. Sin embargo, lo siento mucho, pero recibimos órdenes expresas de no intervenir en absoluto, salvo que se produzcan agresiones físicas. Y aun entonces, moderando al máximo nuestra actitud, sin usar para nada las armas... Compréndalo: tenemos que hacer lo que nos mandan...

Apenas arrancó el coche, Banquells le dijo a papá:

—¿Se da cuenta, Enrique, que lo de llevar encima una pistola es absolutamente necesario?

* * *

Su cuerpo insinúa perfecciones cercanas. Los muslos ya se han torneado; el cuello es fino, largo, de cisne, diría un cronista cursi de sociedad. Apuntan los pechos, bien colocados, anticipando turgencias, y se adivinan unos pezones chiquitos, duros, entre sonrosados y violáceos. Los cabellos rubios, finos, como de ángel, volvería a escribir el cronista relamido, bajan hasta media espalda y al tacto recuerdan el terciopelo, quizás la seda. Es chiquita y respingona la nariz, añiles los ojos y los labios, ni demasiado finos, ni excesivamente carnosos, marcan un pico perfecto, como dibujado a lápiz, que se ensancha al sonreír; entonces se descubre el brillo reluciente de unos dientes todos iguales, todos en correcta formación.

Hablo de Isabel, quince años, proyecto avanzado de espléndida mujer, bosquejo de belleza absoluta. Cuando camina, parece talmente que no pise el sue-

31

lo; así caminaba también Ingrid Bergman, la etérea, ingrávida actriz sueca. Isabel, Isa la llaman todos, viste modestos trajes de percal, que su familia es modesta, pero da lo mismo; hay que verla, al salir de la academia comercial, sujetando sobre el pecho la carpeta azul, sorteando requiebros no siempre decorosos, eludiendo propuestas, a veces infames.

Enrique Calatayud (hijo, ya se supone) está enamorado de ella, con ese amor dulce, candoroso, inocente e ingenuo de los adolescentes. A ella no le desagrada el muchacho, aunque la congénita coquetería femenina, que desde niña alienta en las mujeres, haga que remolonee y finja y oculte sus sentimientos. Se ven casi a diario, a ratos sueltos: Enrique se hace el encontradizo en la Alameda, poco después de la una, ambos terminan las clases a la misma hora, sus academias son vecinas, y Eduardo ya sabe que entonces debe alejarse de su hermano, que acompañará a la chica hasta la parada del autobús, y le irá hablando de naderías, aunque, eso sí, mirándola a los ojos como hace Clark Gable con sus parejas en las películas.

Isa, Isabel Menéndez, es hija de un empleado del banco de Vizcaya, Alberto de nombre, que se pasa las horas muertas detrás de la ventanilla de ingresos, contando sin parar miles de pesetas, a cambio de trescientas mensuales como sueldo. Tiene otros hijos, todos varones, más pequeños, y está afiliado a la FAI. Los compañeros de sindicato le dicen *El Corbatas*, porque es el único entre todos que la lleva, bien que por exigencias de su trabajo y muy a su pesar. Ya que es ácrata convencido; cada día más, a medida que va padeciendo con mayor proximidad las prácticas bancarias.

Lo que son las cosas, Alberto Menéndez y Enrique Calatayud, padre, se conocen, incluso tienen cierta amistad, consecuencia de las frecuentes visitas del comerciante a la oficina central del Vizcaya, donde tiene su cuenta corriente. Calatayud siempre le ofrece un pito, es el gran vicio de Menéndez, y en ocasiones solemnes, el día que la caja ha sido buena, por ejemplo, le regala un farias. Y, sin embargo, no se caen bien; aunque los dos guarden escrupulosamente las formas y se sonrían y se dediquen recíprocas expresiones de afecto. Debe operar eso que llaman la química; que entre un burgués y un anarquista se levanta, sin razón concreta, pero fatalmente, un muro de divergencias.

Ajenos al conocimiento paterno, Isa y Enrique han aumentado sus encuentros, los jueves por la tarde se citan y dan un paseo largo, eso sí, sin que varíe la insulsez de sus conversaciones. Él le ha regalado un libro de la colección Araluce, *La Odisea*, nada menos, que, por supuesto, era suyo; ya encontrará la forma de justificar su falta, si es que sus padres reparan en ella. Cuando el 15 de junio termina el curso escolar, es Isabel quien plantea la cuestión:

—Ya no podremos vernos a la salida de clase y quedar para después...

De nuevo, la visceral picardía femenina. Y el candor del varón.

—Claro, claro... Entonces, ¿qué haremos?

La mujer, aún quinceañera, siempre toma las decisiones:

—¿Tienes teléfono? Yo puedo darte el de la droguería del bajo; me pasan las llamadas.

Ahorró durante dos semanas la parca subvención paterna de los sábados. Y vendió en una librería de lance otros dos tomos de Araluce. El 25 de junio, era viernes, sorprendió a Isa llevándola a la playa, al sitio de moda: el balneario de Las Arenas, donde había un pabellón de madera que se adentraba en el mar y servía de salón de té. Se tomaron una horchata; Enrique le había birlado una cajetilla de Lucky a su padre; encendió con forzada naturalidad un cigarro, después de que la chica rehusase fumar. A las pocas chupadas le entró una tos convulsiva, delatora de su inexperiencia en el vicio. Ella no pudo menos que reírse y comentar, con evidente sarcasmo:

—Eso es que se te ha ido el humo por el otro agujero...

Hundieron los pies en la arena, en un paseo largo, hacia la Malvarrosa; a un lado, las aguas mansas, tranquilas, de un Mediterráneo muy azul. Al otro, casetas de madera para desnudarse / vestirse, chiringuitos que ofrecían clóchinas (mejillones, quiere decir), gambas, calamares fritos y hasta paellas. Caía la tarde y una neblina algodonosa enturbiaba el horizonte. Llegaban melodías de Cole Porter, *El Picolino*, tan de moda, desde un chalé cercano.

Enrique cogió por el brazo a Isabel, que no pareció sorprenderse. Redujeron el paso, hasta detenerse.

—Isa... —tartamudeó él—, Isa, yo quiero que sepas... Bueno, debo decirte...

La muchacha le miró con una mezcla de ternura y picardía.

—¿Qué?

—Pues eso... Que ya no puedo aguantar más tiempo sin decírtelo.

Insistió ella en la ambivalente mirada.

—¿Pero qué?

Le salió de carrerilla:

—Que te quiero. Que quiero que seamos novios. Ya está.

Isa, modosa y decidida a un tiempo, sólo contestó:

—Bueno...

Entonces, Enrique le apretó mucho el brazo, la atrajo hacia sí y, al contactar con ella, sintió el roce de sus pechos y el calor de su cuerpo en tensión y el corazón se le aceleró. Una sensación inédita, hermosa, gratificante, se apoderó de él; un instinto desconocido e irreprimible le hizo acercar su boca a la mejilla de Isabel y besarla dulcemente.

La muchacha giró lentamente el rostro, para ofrecerle los labios. Y él dejó en ellos un beso tímido, rápido, insustancial; un roce apenas. Pero que sumió a los dos en un éxtasis maravilloso. Quedaron unos segundos callados, mirándose a los ojos. Después rompieron a reír, se agarraron de las manos y echaron a correr sin saber adónde.

Aquella noche, Enrique apenas durmió. Isabel, tampoco. Pensaban el uno en la otra, la otra en el uno, ambos convencidos de que acababan de inaugurar una vida de eterna felicidad.

El primer amor, ya se sabe.

* * *

Era alrededor de las seis de la tarde del último domingo de junio. Don Enrique Calatayud leía *Las Provincias*; su mujer escuchaba la radio, desde la que llegaba la voz espléndida de Miguel de Molina cantando *La bien pagá*. Los chicos estaban en su cuarto; Eduardo, intentando montar una noria en el mecano; su hermano, tumbado en la cama, tenía entre las manos una novela de Julio Verne, *Veinte mil leguas de viaje submarino*, aunque no se enteraba demasiado de las peripecias del capitán Nemo, porque incluso entre los cachalotes y los pececillos que rodeaban al *Nautilus* se le aparecía la imagen de Isabel, sonriéndole con cariño.

Don Enrique dejó el periódico sobre la mesa, se quitó los lentes y comentó, indignado:

—Da asco leer la prensa; todo son malas noticias. Ayer, en Madrid, dos asesinatos más. Media España está en huelga. En la provincia de Jaén, los parados han ocupado por las bravas varias fincas y el gobernador prohíbe a la Guardia Civil que los desaloje...

Suspiró doña Antonia, como único comentario. Su marido volvió a coger el diario; al momento dijo:

—Escucha esto. —Y leyó—: «Ya lo ha dicho Largo Caballero y yo, compañeros, os lo repito: o la República endereza su rumbo o no cabrá otra solución, oídlo bien, que la revolución del proletariado, para tomar el poder por la fuerza e implantar en España el socialismo que el pueblo desea. ¡Basta ya de actitudes tibias! ¡Acabemos para siempre con la Iglesia,

35

con el Ejército y con el capitalismo, acabemos con los explotadores, impongamos, aunque ello cueste violencia y sangre, nuestra doctrina!»

—¡Qué barbaridad!

—¿Pues sabes quién lo dice? Mira, mira los titulares: «Amenazador discurso de Rogelia Martínez.» ¿Te suena el nombrecito?

—¡Válgame Dios! —se alteró doña Antonia.

—Lo peor es que ha entontecido a mi hermano. No sé qué encuentra en esa mujer, que tiene no sé cuántos años más que él y, además, es una birria.

—Jaime siempre fue demasiado bueno; porque, en el fondo, lo es. Se deja embaucar por la primera que le hace una carantoña.

—Bueno o cretino; más bien lo segundo. ¡Si nuestra madre levantara la cabeza...!

—No te enfades, pero muchas veces te he dicho que ella, con toda la buena intención, tuvo gran parte de culpa en que Jaime saliera así. Siempre le consintió todos los caprichos...

—Pero, Antonia, éste de ahora resulta muy peligroso. No te lo había contado; pero la tal Rogelia ha metido a mi hermano en política. Y lo lleva por ahí, a dar mítines. ¿Te lo imaginas enardeciendo a las masas, él, que toda la vida ha sido un señorito?

Se levantó, dio unos pasos por el salón, volvió a sentarse.

—Dios hará que recapacite; todos los días pido por él en la misa.

—Tú lo arreglas todo rezando. Y tampoco es eso...

Hubo un silencio denso, que rompieron Eduardo y Enrique. Venían ya peripuestos, con el traje de domingo, el pelo bien peinado y los zapatos, relucientes.

—¿Qué? ¿Nos vamos? —preguntaron.

—¿No es un poco pronto?

—Piensa que habrá cola en Olympia, papá. Esa película está teniendo mucho éxito.

—Bueno, bueno. Avisa al abuelo.

Iban a ver *Morena clara.*

Benigno, el *limpia* de Casa Balanzá, era de Almería,
pero llevaba ya tiempo en la ciudad. Le faltaba el ojo
izquierdo, sustituido por uno de cristal, aunque de
distinto color que el sano, con lo que el efecto resultaba chocante e incluso divertido. La leyenda contaba que el tuerto llegó a serlo por cuestión de faldas
allá en su tierra, achares de un marido cornudo, que
una mala noche le metió por el globo ocular un des-
tornillador, por si algo faltase, de fabricación alemana. Pero ya se sabe que la gente es dada a fantasías,
quimeras e imaginaciones.

Su colega Anselmo, natural de Guetaria, presumía, y no le faltaba razón, de pertenecer al muy reducido grupo de vascos o así, dedicados al oficio de
lustrar calzado ajeno. Tampoco estaba completo; a
éste, un cacho de metralla le había triturado el muslo derecho, cuando la guerra de Marruecos, y las in-
suficiencias hospitalarias y los médicos hicieron lo
demás, que fue cortarle la pierna, dijeron que para
evitar la gangrena; pero el afectado siempre opinó
que se había tratado de un caso de negligencia y pre-
cipitación. Así que no debe extrañar que odiase fe-
rozmente a los militares, a los médicos y, sin que
esto tuviese explicación, por falta de causalidad, a
los caballeros de la Adoración Nocturna.

Es claro que, por entonces, la profesión de limpiabotas parecía destinada mayormente a tullidos y
cluecos; corriendo los años, acogió de modo especial
a emigrantes andaluces, que descubrieron en ella
una saneada fuente de ingresos, a cambio de inclinar

la cerviz y quedar a los pies de la clientela. En estos tiempos actuales, cuando se valora mucho la cosa de la dignidad y el decoro en las relaciones laborales, los derechos humanos, o sea, apenas quedan *limpias*. Aunque los parados se cuentan por millones; pero ésa es otra cuestión.

Volviendo a julio del 36 y a los lustradores de Casa Balanzá, habrá que decir que cada uno de ellos tenía clientes fijos y perfectamente diferenciados. Con Benigno se limpiaban los señores de derechas, Calatayud, Banquells, Serra y Boils, entre ellos; los de la izquierda eran atendidos por Anselmo, que cada mañana y cada tarde dejaba la muleta al cuidado de la señora de los lavabos y se daba una maña especial para acercarse a saltitos, con la caja en una mano y el cigarro en la otra, hasta los zapatos necesitados de su buen arte.

A principios de aquel mes, los dos *limpias* y la escasa clientela, pues la mañana andaba nada más que terciada, se llevaron un buen susto al escuchar varios disparos que llegaban de muy cerca. Los más audaces salieron a la calle de Pi y Margall, de donde procedían, y aún avistaron a dos individuos que salían corriendo a velocidad olímpica. Algunos, los más curiosos, osaron acercarse hasta el cercano callejón de Forners; allí, caído de bruces sobre la acera, es decir, lo que se llama técnicamente en posición decúbito supino, un hombre se desangraba. Estaba ya muerto.

Tardaron varios minutos en llegar los guardias de asalto, en una de las camionetas descapotadas que utilizaban, muy bajas de carrocería, lo que les permitía saltar de ellas rápidamente. Comprobaron el fallecimiento, alejaron al personal y dos números se quedaron en el lugar del suceso, a la espera del juez. La gente se desperdigó y los procedentes del bar volvieron a la barra, a seguir con la cerveza y con el aseo de zapatos y Anselmo comentó:

—Debe de ser un facha; o sea que se lo tiene bien empleado.

La guardia de Asalto era el cuerpo de élite entre las fuerzas de seguridad. Fundado en los primeros tiempos de la República, sus integrantes habían sido cuidadosamente seleccionados, con duras exigencias en cuanto a talla y condición física. Vestían un elegante uniforme azul marino, con botas altas, gorra de plato y botones plateados e introdujeron por vez primera en el país la persuasiva fórmula de reprimir las algaradas porra en ristre; una porra de goma, de contundentes efectos. Su primer jefe, el militar que les convirtió en un cuerpo disciplinado y de alta eficacia, había sido el comandante Muñoz Grandes; ni él mismo podía imaginar por entonces que, algunos años después, estaría al mando de la División Azul, para acabar su carrera con el supremo grado de Capitán General.

Como el suceso había tenido lugar a poca distancia de El Capricho, Enrique Calatayud también se sobresaltó y, tras aguardar un tiempo prudencial, salió a la calle para enterarse de lo ocurrido. Casi se le vino encima su hijo Eduardo, que se acogió a sus brazos, sollozando. Los nervios apenas le permitían hablar; tan sólo susurraba nerviosamente:

—Le he visto, papá; le he visto...

No había podido frenar su juvenil curiosidad y se acercó hasta el asesinado. Pero la visión por primera vez de un cadáver, más aún en tales circunstancias, produjo un tremendo impacto en su sensibilidad. Y, sin embargo, como tantos otros muchachos de su edad, al cabo de algunas semanas terminaría habituándose al espectáculo de la muerte.

* * *

El abuelo Luis nos llevaba algunas tardes a pasear por los Viveros, nos regalaba altramuces y alguna revista, como *Tom Tyler* o *Mickey* y aprovechaba la caminata de ida, a la vuelta regresábamos en tranvía, para impartirnos lecciones sobre su especial filosofía de la vida y, muy especialmente, para adoctrinarnos en materia sexual. En el bien entendido de que nunca deberíamos comentar semejantes enseñanzas con nuestros padres.

—Porque ellos tienen una mentalidad antigua —decía, como si él fuese el joven—, especialmente vuestra madre, o sea, mi hija, a la que no pude educar como hubiese querido y me salió beata. Ella piensa que es pecado hablar de estas cosas, pero yo os digo que, a vuestra edad, ya debéis conocer el problema de las relaciones entre hombre y mujer, para estar a salvo de enfermedades y de deslices.

A raíz de su enamoramiento, mi hermano Enrique atendía con especial atención las prédicas y hacía preguntas sobre cuestiones íntimas de esa relación hombre / mujer. Al abuelo le importaba mucho desvirtuar los criterios que los curas mantenían sobre la masturbación, ya sabéis, aclaraba, lo de hacerse pajas, que, según él, no sólo carecía de cualquier clase de riesgo para la salud, como siempre nos habían enseñado, sino que estimulaba la virilidad y despejaba la mente.

—Claro que os saldrán granos en la cara, pero los frotáis con alcohol y sanseacabó.

De política hablaba menos; aunque en las últimas semanas andaba también muy preocupado por cómo se estaban poniendo las cosas en España. Sus opiniones resultaban curiosas:

—Todos los desastres del país arrancan de los Borbones, sobre todo, del último, ese Alfonso XIII que justificó el gafe del numerito. La República se encontró con una sociedad clasista, dominada por el clero, otro de los grandes culpables de nuestra ruina económica, porque siempre estuvo del lado de los ricos, olvidándose del pueblo. Así que todo lo que está pasando, es la herencia funesta de la monarquía. Y de la falta de cultura; de que nadie lee, de que ni siquiera los que se creen intelectuales conocen la Enciclopedia francesa, que es donde se encuentra la verdad racionalista...

Sin embargo, reconocía:

—Tampoco este gobierno sabe estar en su sitio. Lo han tomado al asalto los extremistas, los anarquistas, los violentos; se quitaron de en medio a Azaña, que es el gran talento de las izquierdas, confinándole en la jaula dorada de la Presidencia y ahora campan por sus respetos Caballero, Maurín y Álvarez del Vayo y la loca de la Pasionaria... Aunque aún estamos a tiempo de evitar la catástrofe, si Prieto consigue dominar a los socialistas...

Hablaba tanto de la catástrofe, que una tarde, Enrique le preguntó:

—¿Qué quiere decir con eso?

—Pues que o las izquierdas restauran la verdadera democracia, que nada tiene que ver con lo que tenemos, o los militares se echarán a la calle, que lo están deseando, y aquí se armará la marimorena.

Pocos días después de esta conversación, que fue la última que mantuvimos en nuestros paseos, ya que el propio abuelo consideró que no era aconsejable alejarse tanto de casa, tal como estaba el orden público, sucedió lo de la radio. Debían de ser las diez de la noche; mi hermano y yo habíamos cenado y charlábamos en la habitación, con la puerta abierta. Así que oíamos la radio, cuyas músicas llegaban desde el salón, donde estaban nuestros padres.

De pronto se interrumpió bruscamente la emisión y, tras una pausa de segundos, una voz joven, casi a gritos y con notoria excitación, leyó una especie de proclama. Fuimos corriendo hasta el salón y todavía pudimos enterarnos de las últimas frases; se trataba de un comunicado de los falangistas, advirtiendo al país del peligro que corría, asegurando que ellos estaban alerta, prestos para salvar España.

Al día siguiente se informó por el gobierno civil que un grupo de militantes de Falange Española había asaltado los estudios de Unión Radio, utilizando sus micrófonos para emitir el manifiesto. A nuestro padre, aquello le pareció un síntoma más del desbarajuste general, porque, ¿cómo podían ocurrir semejantes cosas si existiera un mínimo de autoridad? Enrique llamó por teléfono a Tomás Alagón:

—¿Has participado en el asalto? —le preguntó.

—¡Qué más hubiese querido! Pero se encargaron de la operación los mayores...

—¿Les ha sucedido algo?

—Nada en absoluto. La policía no tiene idea de quiénes fueron...

* * *

Hacía mucho calor; más de treinta grados. Era, además, un calor húmedo, pegajoso, de poniente, que provocaba sudores constantes y empapaba las camisas, hasta dejarlas embebidas, tal que si estuviesen recién lavadas. La fachada del piso daba a levante, con lo que recibía el sol desde que empezaba a amanecer y al mediodía se había recalentado como un horno de asar. Por si algo faltase, nuestra madre no nos permitía ir en camiseta, por la cosa del decoro, que tanto la preocupaba, a la pobre.

Tras arduas negociaciones, conseguimos convencerla para que nos autorizase a ir por la mañana a la playa; aunque fue preciso persuadir también al abuelo Luis de que nos acompañara, como inexcusable condición para obtener la venia materna. No resultó demasiado difícil, ya que estaba claro lo mucho que le apetecía la posibilidad de contemplar en directo a las mujeres en traje de baño, sobre todo con aquellos que estaban de moda, tan ceñidos al cuerpo, que dejaban ver toda la espalda y mostraban el muslamen en su integridad.

Tomamos el tranvía 2, ocupando la jardinera, el remolque descubierto, donde, a cambio del infernal traqueteo, soplaba un viento delicioso. Ya en la playa, corrimos por la orilla en plan atlético, nos tumbamos en la arena, con anhelos broncíneos y acabamos braceando en una agua sucia, llena de algas y desperdicios que, sin embargo, nos sabía a gloria. El abuelo, debajo de un parasol, con el sombrero calado, en mangas de camisa, los tirantes al descubierto, remangados los pantalones, que dejaban enteramente visibles los botines, oteaba el horizonte femenino, a través de unos pequeños prismáticos que previsoramente se había traído, con el pretexto de observar mejor la arribada de los buques al cercano puerto.

Para nosotros, la playa constituía una maravillosa diversión que, desgraciadamente, duró bien poco. Al cuarto día de gozarla, cuando regresábamos a casa para almorzar, serían las dos de la tarde, al final de la avenida del Puerto nos topamos con una manifestación de obreros de la construcción, que estaban en huelga. Hicieron detener el tranvía, obligaron a bajar a los pasajeros, se agruparon para empujarlo, todos a una, y, con increíble facilidad, volcaron el vehículo. Según explicó el conductor, a quien el desaguisado no parecía afectar en absoluto, se trataba de una represalia porque los transportes públicos no se habían sumado al paro.

Total, que tuvimos que volver andando, algo más de dos kilómetros, que el abuelo recorrió con admirable entereza, aunque después necesitó darse un baño de pies, en agua tibia con sal, lo que llamaba un pediluvio. La reacción paterna fue tan inmediata como inflexible: se había terminado la playa.

—Lo siento mucho, hijos, pero el horno no está para bollos. Cuanto menos salgáis de casa, mejor.

Enrique comenzó a ir por las mañanas a la tienda, donde hacía como que ayudaba a nuestro padre en la contabilidad, de la que, en efecto, sabía bastante. También le acompañaba al banco cuando había que ingresar algún dinero, tal que si fuese un guardaespaldas; lo cual tenía evidente lógica, ya que los atracos estaban a la orden del día. Allí coincidieron con el abogado Murgadas, siempre impecable en el vestir.

—Le eché a faltar en la misa del pasado domingo...

—Es que mi mujer ha decidido que vayamos a primera hora; después del susto aquél... —explicó don Amalio.

—Es una medida muy prudente, en efecto. ¿No salen ustedes de veraneo?

—Estoy deseándolo; pero me quedan todavía unos señalamientos pendientes.

—¿Y qué tal por los tribunales?

Murgadas tomó por el brazo a Calatayud, retirándose con él unos pasos hasta un rincón del amplio hall.

—Tan mal como todo. Ayer pasé unos de los momentos más angustiosos de mi ya larga vida profesional. Defendía a un empresario, un modesto tendero de ultramarinos, ante el Jurado Mixto. Había despedido a uno de sus empleados, sólo tiene tres, por llevar quince días sin aparecer por el trabajo, alegando una falsa enfermedad...

—Parece que tenía toda la razón, ¿no es así?

—Vino como testigo, más bien como perito, el doctor Izquierdo. Le conoce, ¿verdad?

—Desde luego; es una eminencia...

—Había acudido varias veces a casa del supuesto enfermo; sólo le encontró en dos ocasiones y siempre se negó a que le reconociera. Su dictamen fue que estaba perfectamente sano, sin presentar síntoma alguno de sus pretendidas fiebres tifoideas...

—Por supuesto, ganaría el pleito...

—Pues no, señor. Pero lo peor no fue eso; al terminar, el obrero, que por lo visto es líder sindical de la UGT, se acercó al médico y en la misma sala, a grandes voces, le insultó soezmente.

—¡Qué barbaridad!

—Espere, espere. Ya en la calle, vino hacia nosotros hecho una furia y ya no se contentó con las palabrotas: le dijo literalmente al doctor Izquierdo que pagaría cara su declaración; que le quedaban muy pocos enfermos que curar...

—Es increíble...

—Mi cliente quería presentar una denuncia por amenazas en el juzgado de guardia; le aconsejé que no lo hiciera, aunque para ello tuve que dar de lado todos mis principios de jurista. Iba a perder el tiempo, a enconar más todavía el asunto.

—Pero entonces, la justicia...

—Se me hace muy difícil reconocerlo; está mediatizada, los jueces tienen miedo, se sienten coaccionados...

Cuando se despidieron y mi padre se dispuso a acercarse a la ventanilla de ingresos, mi hermano se inventó un pretexto para alejarse; sabía quién era Menéndez, el padre de Isabel, y sintió de pronto una mezcla de miedo y de rubor, por si él también estaba al tanto de sus escarceos sentimentales.

—Buenos días, don Alberto... —Y le ofreció el consabido cigarro.

—Gracias. No me diga que viene a ingresar... —se extrañó el cajero.

—Naturalmente. Como todos los jueves...

—Ya, ya. Pero debe de ser de los pocos que aún lo hacen. La mayoría de los clientes pasan ahora por la ventanilla de al lado, a llevarse dinero. Ayer se retiraron casi dos millones de pesetas.

—¿Y eso?

—Que se preparan por lo que pueda pasar. —Y enfatizó, al comentar—: Es la cobardía clásica del capitalismo...

Después de todo aquello, nuestro padre, a la hora de comer, estaba de un pésimo humor.

* * *

Cuando suena el teléfono para traer alguna mala noticia, parece hacerlo de una forma especial; los timbrazos son tercos, insistentes, chirriantes, como si anticiparan una urgencia. Así ocurrió el 13 de julio; había bajado Enrique Calatayud a la tienda y allí escuchó el repiqueteo pertinaz, incansable, y mientras subía los pocos peldaños que separaban el entrepiso, iba diciendo en voz alta, como si desde la otra parte del hilo pudiesen escucharle:

—Ya va, ya va...

Descolgó, pronunciando con cierto fastidio la voz de ritual:

—Diga...

—Enrique, ¿se ha enterado ya? —fue la extraña respuesta, sin trámite siquiera para el saludo previo.

—¡Ah, hola, Boils! ¿A qué se refiere?

—¿Pero no lo sabe? ¡Han asesinado a Calvo Sotelo!

—¿Cómo dice?

—Lo que acaba de oír: han asesinado a Calvo Sotelo.

Toda la mañana, toda la tarde, la noticia fue repitiéndose a lo largo y a lo ancho del país.

—Han asesinado a Calvo Sotelo...

—Han asesinado a Calvo Sotelo...

—Han asesinado a Calvo Sotelo...

José Calvo Sotelo: macizo de cuerpo, cabeza poderosa, el cuello corto se pierde, abrumado por las espaldas que cargan sobre él, los ojos son negros, profunda la mirada, ancha la cintura. Transmite una sensación de autoridad y energía, tiene algo de plantígrado y mucho de león en sus ademanes, en su aspecto. Fue el ministro más joven en el gabinete civil de Primo de Rivera y dejó huella de su inteligencia y su capacidad de trabajo en la cartera de Hacienda. Saneó la peseta, impulsó la economía, fortaleció las bolsas, creó la CAMPSA, que ahí sigue, acreditando su acierto.

Se exilió en París al proclamarse la Segunda República, para regresar cuando la CEDA dictó una amnistía política. Ganó acta de diputado, convirtiéndose en seguida en el más enérgico debelador de las izquierdas, desde su profundo monarquismo. Al frente de la oposición, a partir de las elecciones de febrero ha hecho historia parlamentaria; su oratoria rigurosa, lúcida, admirable, expuesta con dicción perfecta, un cierto deje gallego delata su origen, apabulla a los diputados del Frente Popular, irrita al gobierno y entusiasma a la gente de derechas.

Su última intervención en el Congreso constituyó un áspero alegato, una acusación tan implacable como documentada contra la incuria gubernamental. Expuso datos abrumadores para demostrar la descomposición del Estado, la toma del poder por las turbas extremistas. Tuvo un duro enfrentamiento con su paisano Casares Quiroga, quien no dudó en amenazarle públicamente. Calvo le replicó con aquella frase que siempre se recordaría:

—La vida podéis quitarme, pero más ya no podéis. Y más vale morir con honra que vivir con vilipendio.

En el escándalo que se armó en el hemiciclo, uno más entre los que jalonaban durante las últimas semanas las sesiones parlamentarias, pudo oírse la voz de Dolores Ibárruri, *la Pasionaria*:

—Este hombre ha pronunciado su último discurso.

Y al también diputado José Díaz:

—Morirá con los zapatos puestos.

Y otra vez a La Pasionaria:

—Si lo prefiere, podemos quitárselos antes.

La prensa de la tarde agotó sus ediciones, aunque la expectación de los lectores quedó defraudada por la drástica intervención de la censura: columnas y columnas de los periódicos aparecían en blanco, lo mismo que buena parte de los titulares. En los periódicos de la derecha, ya se entiende; los otros comentaban el asesinato sin darle excesiva importancia y en los órganos comunistas y anarquistas, incluso lo justificaban, por la que llamaban actitud desafiante y hasta chulesca del jefe de la oposición.

En Madrid habían tenido mejor información, a pesar de que también la censura gubernativa se ensañó con la prensa poco adicta. Pero corrió de boca en boca, con la rapidez habitual en estos casos, que un periodista de *El Debate*, Santos Alcocer, al conocerse de madrugada la desaparición de Calvo, tuvo una intuición de gran profesional y se fue al cementerio del Este cuando comenzaba a amanecer. Le acompañaba el fotógrafo Santos Yubero: dos Santos para investigar aquel diabólico suceso.

La parquedad con que los periódicos del Frente Popular daban la noticia de la muerte de Calvo Sotelo, que ninguno calificaba como asesinato, contrastaba con la extensión y la violencia dedicadas a condenar otro asesinato, el del teniente de Asalto José Castillo, muerto a tiros horas antes que el diputado monárquico, en una céntrica calle de Madrid. Los editoriales clamaban justicia contra los responsables, cuya identidad se ignoraba y nunca se conocería, al correr de los años. Aunque, naturalmente, se achacaba indiscriminadamente a falangistas, monárquicos, jóvenes de Acción Popular y, en definitiva, a las derechas en su más amplia consideración.

El teniente Castillo era instructor de las milicias socialistas. A espaldas del gobierno, pero confirmando una vez más la incomprensible falta de autoridad de éste, su incuria y su descomposición, los compañeros del oficial asesinado se conjuraron para vengarle. En compañía de unos militantes socialistas y de un capitán de la Guardia Civil, también del partido, salieron aquella misma noche del cuartel de Pontejos, de uniforme, y en una camioneta reglamentaria fueron en busca de Gil Robles; el líder de la CEDA no estaba en Madrid, por lo que decidieron elegir como víctima a Calvo Sotelo.

Sin respetar su inmunidad parlamentaria, le obligaron a vestirse, estaba ya durmiendo cuando irrumpieron en su domicilio, en la calle de Velázquez, y a que les acompañara en la camioneta. Cerca de la calle de Ayala, un pistolero del PSOE que iba sentado detrás del líder monárquico le disparó un tiro en la nuca, que acabó instantáneamente con su vida. Siguieron camino hasta el cementerio del Este y allí dejaron su cadáver, diciéndole al guardián del camposanto que debía de ser el de un borracho, al que encontraron en la vía pública.

* * *

La noche de aquel día trágico, Calatayud y sus contertulios habituales no se reunieron en el bar. Creyeron más discreto hacerlo en casa de Pedro Serra, cuyo tradicional pesimismo encontraba, en esta ocasión, razones justificadas para manifestarse.

—Ya no podemos dudar —decía con su más lúgubre expresión— que la revolución ha estallado en España sin freno ninguno. El asesinato de Calvo Sotelo, cometido por agentes de la autoridad, por funcionarios del gobierno, demuestra que éste ha claudicado ante los extremistas...

—Esperemos a ver cómo reacciona... —intentaba tranquilizar Enrique Calatayud.

Pero Anselmo Boils, más exaltado que los demás, peroraba:

—Es fácil de adivinar. Condenará el atentado, se remitirá a las investigaciones judiciales, pedirá calma a la población. Lo de siempre. Yo les digo, amigos míos, que la suerte está echada: si el Ejército no se decide a intervenir, antes de quince días se organiza aquí una revolución peor que la de Rusia.

—La están anunciando hace tiempo... —recordó Banquells.

—Como que lo tienen todo perfectamente preparado. Las milicias socialistas y comunistas, instruidas y organizadas como un Ejército popular. Las masas, fanatizadas por una propaganda demagógica y constante. Nosotros, la gente de orden, acojonados;

49

sí, ustedes perdonen la palabra. ¿Pero acaso no es verdad?

Tras una pausa ciertamente confirmativa, dijo Calatayud:

—Sin embargo, hay algunos grupos políticos que dan la cara. Por mi hijo mayor, que tiene amigos en Falange Española, me he enterado de que también en ese partido están organizados para afrontar una lucha armada...

—Son cuatro gatos. Además, todos sus jefes están en la cárcel desde hace semanas. Acabarían con ellos en seguida.

—¿Qué se dice en el Centro Tradicionalista? —preguntó Enrique a Boils.

—Aquí no tenemos ninguna fuerza. En Navarra es distinto; llevan preparándose desde hace tiempo. También han formado unidades paramilitares, instruidas por oficiales del Ejército...

—Pero lo que ustedes cuentan es terrible —resumió Serra—. Es la guerra civil...

—Salvo que un golpe militar derribe al gobierno, se haga cargo del poder y meta en cintura a los politicastros. En cuatro días, ya verían cómo el país volvía a la normalidad.

Intervino Banquells:

—Por lo que yo sé, tengo buenos amigos en la milicia, tampoco el Ejército está unido. Se han infiltrado células comunistas en los cuarteles, que hacen una eficaz labor de proselitismo entre los soldados. Y los oficiales de izquierdas tienen una asociación, UM no sé cuántos, para contrarrestar la posible actuación de los compañeros que están por el golpe de estado.

Quedaron en un silencio preñado de inquietudes. Lo rompió Serra.

—Miren, la semana que viene cierro la tienda con la excusa del verano y me marcho con mi mujer lo más lejos que pueda.

—¿Al extranjero?

50

—No, para tanto no me llega. No sé; a Galicia, a Extremadura, donde nadie me conozca...

—Claro, ustedes no tienen hijos y pueden hacerlo fácilmente... —se lamentó Calatayud.

Entonces, Pepito Banquells, tras encender con parsimonia un cigarrillo rubio, opinó:

—Lo siento, pero yo no pienso de esa manera. Quizás, lo comprendo, porque mi situación también es distinta: no dejo a nadie detrás. Lo tengo muy meditado; a esta gentuza hay que hacerle frente. Lo contrario, disculpen la franqueza, me parece una cobardía. ¿Que se arma la revolución y vienen por mí? Pues para algo tengo una pistola; para defenderme con sus mismos procedimientos.

Los demás quedaron silenciosos. Les había sorprendido la audacia, el imprevisible valor del frívolo Banquells.

* * *

Amparo, la cocinera, lleva en casa la tira de años. Enrique era un bebé cuando entró y yo todavía no había nacido. Es una valenciana rechoncha, mofletuda, debe de andar por los sesenta, tiene una verruga amoratada y grande en la frente y vello debajo de la nariz; no llega a ser un bigote en regla. Viste siempre de negro, tributo a una temprana e inconsolable viudez y nos quiere entrañablemente. Para todos nosotros es, también, como de la familia.

La doncella, Luisa, alrededor de veinte años, vino de Mora de Rubielos, Teruel, hace pocos meses, muy bien recomendada por don Vicente, el director espiritual de mamá, que está de párroco en la iglesia de San Martín. Apenas habla, es flacucha y desgarbada, pero muy dispuesta en su trabajo. Nada más llegar se echó novio, un tal Leandro, que trabaja en el gremio de artes blancas, lo cual nunca supe con certeza lo que quiere significar. Ha sabido mamá, siempre preocupada por la moral ajena, que el muchacho va con buenas intenciones y respeta a la chica, tal como debe ser. Aunque en lo tocante a la política, las referencias ya no son tan buenas: milita en el Partido Comunista.

El 15 de julio, festividad litúrgica de san Enrique, emperador, siempre habíamos celebrado nuestro santo comiendo de restorán, pues la fecha justifica el dispendio extraordinario. Mientras desayunábamos, Amparo, que me ha felicitado dándome en la frente un beso húmedo, muy apretado, se lo ha recordado a nuestra madre:

—Señora, supongo que hoy almorzarán fuera de casa, como todos los años...

—Pues no estoy muy segura. Espere, que llamaré al señor a la tienda, para ver qué ha decidido. —Y justifica—: Es que, tal como están las cosas...

—Le advierto que, si se quedan, tendré que ir al mercado... No he preparado comida...

Aguardamos con cierta inquietud la determinación paterna, ya que lo del restorán siempre nos apetecía mucho. Afortunadamente, fue positiva. Aunque el comentario añadido resultara desalentador:

—Sí, sí, claro que saldremos fuera —había dicho—. Al Club Náutico. Ya sé que es caro; pero ten en cuenta que, quién sabe, puede que sea la última vez que nos permitamos este lujo.

Estaba el Club Náutico al final del puerto, junto a los astilleros. Fuimos en un taxi, tras vencer la resistencia inicial del conductor, que se negaba a llevar a cinco personas; la promesa de una buena propina le persuadió finalmente. Cuando pasamos por el lugar donde los huelguistas volcaron el tranvía, el abuelo Luis se ufanó:

—Desde aquí fuimos a pie hasta casa. Que lo digan los chicos. Para que veáis si estoy fuerte.

En la puerta de entrada a los astilleros había un pelotón de guardias de Asalto, carabina al hombro.

—Es que los obreros han amenazado con boicotear la botadura de un barco, que está prevista para dentro de pocos días —informó el taxista.

El portero del Náutico es un negro gigantesco, de ojos saltones, vestido con un uniforme verde manzana que le da aspecto de presidente de cualquier república africana. Abre ceremoniosamente las puertas del taxi, enseña la dentadura, blanquísima, como el teclado de una pianola, cuando sonríe dando los buenos días y se quita respetuoso la gorra de plato, agradeciendo el real de propina.

Hay poca gente en el restorán, apenas cinco mesas. En una de ellas, el coronel Ochando con su mujer. Nos acercamos a saludarles.

—Hoy cumplimos veinte años de casados —explica—. Estamos celebrándolo.

—Nosotros también andamos de fiesta; mi santo y el de nuestro hijo mayor.

—¡Es verdad, don Enrique! Muchas felicidades...

—Lo mismo les digo a ustedes. Aunque la situación...

—¡Qué me va a contar!

—Eso quisiera yo, que me contase usted algo...

El coronel hace un discreto gesto, advirtiendo que se acerca el *maître*.

—Buenos días, don Enrique —saluda el del frac—. Mucho tiempo sin tener el gusto de verle por aquí. Son cinco, ¿verdad? ¿Le parece bien aquella mesa, junto al ventanal que da a la piscina?

—Sí, muy bien. Id sentándoos —nos dice—, que yo tengo que hablar con la señora del coronel sobre un encargo que me hizo...

Nos alejamos, acompañados por el *maître*. Ochando mira disimuladamente alrededor, para comprobar que nadie puede escucharle.

—No descubro ningún secreto; el rumor de un posible golpe militar está en la calle y hasta el gobierno lo sabe, aunque no se lo toma en serio. Tanto Casares como Azaña piensan que no pasará de ser una sanjurjada, que desbaratarán fácilmente.

—¿Y usted qué opina?

—Que esta vez la cosa parece que va más en serio; hace ya semanas que se está preparando. El asesinato de Calvo Sotelo supongo que lo acelerará; al menos, eso se comenta en los círculos castrenses.

—Dios quiera que salga bien; porque de lo contrario...

El coronel baja todavía más la voz. Susurra:

—Hoy me he enterado, por fuente de toda solvencia, de una noticia importante: por fin, el general Franco ha decidido incorporarse a la rebelión.

—¿Franco, el que fue jefe del Estado Mayor con Gil Robles?

—El mismo. En su día, el general más joven de Europa. Su prestigio en el Ejército es muy grande.

—O sea, que usted ve factible el golpe...

—De todos modos, no deja de parecerme una aventura arriesgada. Ya veremos...

Se acerca un camarero, bandeja en alto.

—Entonces, señora —disimula Calatayud—, ya le digo: de momento no puedo servirle el abanico con la reproducción del cuadro de Fortuny que usted quería, pero lo he encargado a la fábrica y me aseguran que lo tendré la semana próxima.

—Le agradezco mucho su interés...

Pedimos entremeses, que en el restorán del Náutico son muchos y muy completos; para saciarse con ellos. Después, un lenguado menier, o sea con una especie de pomada, que si sale bien está muy rica. El abuelo come su pechuga de pollo de costumbre; y se empeña en beber vino y se sale con la suya.

Sólo media docena de muchachos jóvenes se bañan en la piscina, que en otras ocasiones estaba siempre a reventar de público. El abuelo es el primero en destacarlo:

—¡Qué desanimación! Cuando vinimos la última vez y eso que era a comienzos de otoño, daba gozo ver el espectáculo de los bañistas...

—Había unas chavalas estupendas, ¿verdad? —bromea Enrique; mamá le reprende con la mirada.

—Todo ha cambiado mucho desde entonces —dice padre—. ¿Conoce el artículo de Prieto en *El Liberal*?

—No; y me gustaría. Don Inda es de los pocos políticos sensatos que van quedando. Por eso le han arrinconado.

Indalecio Prieto, le dicen cariñosamente don Inda, asturiano de nacimiento, vasco por adopción y por devoción, panzudo, buen gastrónomo, magnífico orador, tiene la testa en forma de pera y así le dibuja siempre K-Hito, en *Gracia y Justicia*. Representa el ala moderada del socialismo y su enfrentamiento con Largo Caballero, que lidera la revolucionaria, es tan enconado, que sus mismos compañeros de partido, pero afines a aquél, intentaron quitarle de en medio, a tiro limpio, durante un mitin electoral en Écija.

—Voy a procurar conseguirle el artículo. Comenta los entierros del teniente Castillo y de Calvo Sotelo; las comitivas coincidieron en el cementerio, una camino del civil, otra del religioso. Esto le sirve a Prieto para destacar amargamente los enfrentamientos entre españoles, el profundo abismo que separa a medio país del otro. Sus consecuencias no pueden ser más tristes; la creciente discordia es un anuncio de cercanas luchas fratricidas...

—Pues cuando él lo dice, sus razones tendrá...

El coronel Ochando y su mujer vienen a la mesa a despedirse. Las frases rituales de costumbre y, para cerrarlas, una de mi padre, algo enigmática:

—No le digo nada: que todo salga bien.

—No sé, no sé —vacila el militar.

El negrazo vestido de verde vuelve a sonreír mecánicamente, vuelve a destocarse al recibir la propina, vuelve a abrir la portezuela del taxi con gesto ceremonial. Esta vez no hay problema; el conductor es conocido de nuestro padre. Que, por cierto, se me olvidaba, a los postres le ha regalado a Enrique una pluma estilográfica. Nosotros a él, obviamente con subvención materna, un cortapuros de plata con sus iniciales.

Ambos han celebrado mucho los obsequios.

* * *

—Sí, podéis ir a dar una vuelta; pero sin alejaros del barrio. Y a la una en punto, a casita...

Salimos como flechas; lo primero que hizo Enrique, apenas estuvimos en la calle, fue llamar a su amada Isa. Se citó con ella en la puerta del cine Actualidades, que comienza la sesión continua a las diez de la mañana y, como cada pase sólo dura una hora y se van repitiendo sin variación, eso permite quedarse en la sala, tan oscurita y acogedora, el tiempo que se quiera.

Yo me reuní con Tomás; tenía curiosidad por conocer sus impresiones, ya que presume de estar bien informado por sus camaradas (así les llama siempre).

—Las esperanzas son aquí muy limitadas. Se duda de la actitud del general Martínez Monge, que manda la División. Falangistas no somos muchos; la mayoría muy jóvenes y con escaso armamento... Los requetés son todavía menos...

—Entonces, das por hecha la sublevación militar.

—Por supuesto. Por si algo faltase, hoy, fiesta del Carmen, patrona de la Marina, el gobierno ha prohibido toda clase de actos públicos en los arsenales. Lo más adecuado para irritar a los jefes y oficiales de la Armada...

Ajenos por entero a los peligros que amenazan al país, Isa y Enrique ya están en el cine; llegan justamente cuando el noticiario Fox Movietone ofrece las impresionantes escenas de una concentración del partido nazi, en Munich. Con precisión geométrica, desfilan las SA sacudiendo el suelo con el paso de la oca, frente a la tribuna, que talmente parece el decorado grandioso de una representación wagneriana.

Apretados haces de banderas con la cruz gamada, los brazos en alto de las formaciones, increíblemente alineados a la misma altura, y en lo más encumbrado de un podio, Hitler, con su bigote ridículo y su gesto enérgico, que también levanta el brazo, pero de otra forma, encogiéndolo por el codo, para llevar hacia atrás la palma de la mano.

—Es acojonante, ¿no te parece?

—Me parece que debías hablar mejor —reconviene Isabel—. A mí me dan mucho miedo los alemanes; mi padre dice que se preparan para invadir Francia. Y que eso supondrá otra guerra europea.

—Lo mismo opina Labernia. Un compañero —aclara— que es fascista y piensa que Italia también está dispuesta a organizarla. Con lo de la conquista de Abisinia y la proclamación del imperio, Mussolini está muy crecido.

—Pero dime, ¿hemos venido aquí para hablar de política?

Después del noticiario, *El viejo molino*, una sinfonía tonta de Walt Disney. Más del mismo: *Los tres cerditos*. El inevitable documental sobre las islas de los mares del Sur. Tañer melancólico de dulces balalaikas, puestas de sol, indígenas en taparrabos. El ideal, pues, para remover los sentimientos de la joven pareja, que ha enlazado las manos, que tiene juntas las mejillas, que se susurra melosidades.

Descanso. El acomodador, uniformado de azul pálido, espolvorea la sala con un perfume espeso, que huele a pachulí y se mete en la garganta y en los ojos y hace estornudar. Segundo pase; ahora el noticiario Pathé. Aquí el desfile que se presenta tiene por escenario la plaza Roja de Moscú. Muchos tanques, muchos cañones, soldados hieráticos que marchan como si les hubiesen dado cuerda. En la tribuna presidida por una gigantesca estrella roja de cinco puntas, acogiendo la hoz y el martillo, Stalin y su gobierno.

Un espectador grita desde el fondo de la sala:

—¡Viva Rusia!

Hay siseos, voces reclamando silencio, algún pateo. Repite .el entusiasta su grito, ahora más agresivamente. Varias personas abandonan el cine, haciendo ostensibles gestos de indignación. La siguiente información, un desfile de modelos de baño en París, tranquiliza los ánimos. Isa y Enrique vuelven a sus ingenuos arrumacos. Los suspenden cuando aparece en la pantalla el joven Robert Taylor haciendo de malo en un corto de la serie *El que la hace, la paga.* La película les interesa.

—¡Ahí va! ¡La una menos cuarto! Tenemos que marcharnos...

Iban ya por el segundo golpe al repertorio Disney.

—¿Nos veremos el domingo?

—Claro que sí. ¿Qué día es?

—Diecinueve. Diecinueve de julio.

—A las cinco en punto, frente a Correos...

* * *

La Casa del Pueblo se va poblando con los representantes de los partidos más radicales del Frente Popular, que llenan a rebosar el salón de actos. Hay que abrir sus puertas para que los rezagados ocupen el pasillo. Julio Expósito, del Partido Comunista, informa sobre las últimas noticias llegadas de Radio Central de Madrid: la sublevación del Ejército se considera inminente. Tranquiliza a los reunidos, que han estallado en voces de indignación, el socialista Emilio Rigat: el gobierno tiene conocimiento de la conjura y ha tomado las medidas necesarias para abortarla de inmediato.

Pero Apellániz, un líder violento, no confía en la eficacia de esas medidas y alerta a los compañeros:

—Somos nosotros, el pueblo, quienes tenemos que estar dispuestos para acabar con los militares, con los curas y con los fascistas. Nosotros, que nos echaremos a la calle en cuanto haga falta, porque tenemos armas y, sobre todo, cojones suficientes para llevar adelante la revolución del proletariado.

Se desata el entusiasmo. Puestos en pie, los asistentes vociferan, insultan, blasfeman, aplauden o, simplemente, gritan. Uno de los más fervorosos en el frenesí revolucionario es *el Corbatas*, Alberto Menéndez, que repite hasta quedarse afónico, como un sonsonete:

—¡Lo primero que hay que hacer es asaltar los bancos, expoliar las cajas fuertes, quemar las oficinas...!

Restablecido el orden, Apellániz distribuye las órdenes, asigna a cada grupo su zona de actuación, reparte unas hojas, escritas en ciclostil, en las que se detallan cuidadosamente los objetivos fundamentales: cuarteles, Telefónica, Unión Radio, redacciones de periódicos, centrales eléctricas.

—Y las iglesias ¿qué? —pregunta un joven mal afeitado que lleva desabrochada una camisa pringosa y exhibe tupida pelambrera en el pecho.

—Sobrará tiempo para incendiarlas cuando seamos dueños de la calle.

—¡Pero se nos escaparán los curas...! —dice otro malencarado.

—No te preocupes. Ya les cazaremos a todos...

Cerca de la medianoche, se levanta la sesión. Cada mochuelo a su olivo. La pareja de Asalto que vigilaba la puerta, les ve salir con indiferencia. El barrio, uno de los barrios viejos, de callejas estrechas y sucias, que huelen a meados y a repollo, está solitario, en un silencio asustante, sólo quebrado por el maullido triste de cualquier gato famélico. Tampoco hay nadie en las zonas céntricas de la ciudad; aquellos viernes veraniegos, con los bares a rebosar, con las familias sentadas frente a los portales, apurando la brisa que viene de la mar, con paipais y botijo como ayuda complementaria, son ya nada más que recuerdo perdido de mejores tiempos.

Hasta la calle de Pi y Margall —los entusiastas

la llaman el Broadway local— está desierta, mustia, apagados los letreros luminosos de los teatros, de los que apenas sale nadie cuando acaban las funciones y los que salen lo hacen con precaución asustadiza, mirando a todos los lados temerosamente y aprietan el paso, para encontrar cuanto antes la seguridad de sus hogares.

En el Bataclán, el más popular cabaret de la ciudad, un grupo de extranjeros muy rubios, con el pelo cortado a cepillo, robustos, coloradotes, manosean a las chicas, que piden otra copa sin pausa, con gracia profesional. Las risotadas de los muchachotes forasteros retumban y se hacen eco en la sala casi vacía, convertida en caja de resonancia para sus voces.

Pepito Banquells, en su mesa de siempre, es uno de los pocos representantes autóctonos en el aburrido establecimiento. Por el escenario han desfilado, a toda velocidad, haciendo sus números desangeladamente, por puro compromiso, las atracciones, tan celebradas otras noches; incluso algunas figuras del espectáculo se negaron a actuar, por falta de público, conscientes de su dignidad artística. Pepito Banquells bebe Calisay, también como siempre, y la morena que le acompaña, la de siempre, es consciente de que debe aguardar su permiso para repetir la consumición.

—Pues menos mal que esos franceses están haciendo algún gasto —se consuela la moza.

—No son franceses; son alemanes exiliados en Francia, que han llegado al puerto esta mañana, y seguirán viaje hasta Barcelona, para intervenir en la Olimpíada Popular que comienza el próximo domingo 19.

—Tú que tanto sabes, Pepito —consulta la morena con sincera admiración—, ¿qué es lo que pasa, que llevamos unas semanas que aquí sólo venís tú y algunos forasteros? Y eso a pesar de que estamos en plena temporada. Acuérdate lo que era esto el año pasado en estas mismas fechas...

—Muy sencillo, querida: que todo el mundo tiene miedo.

Sí; España entera era miedo. Un miedo escondido y repartido en millones de figuras humanas para las que el día era un tormento de temblores interiores, de miradas oblicuas, de blasfemias a flor de labio, de plegarias, de un andar viviendo y pensando en la muerte... Al anochecer, el miedo era amo y señor de España. Se le veía entrar en las iglesias y penetrar en el alma de las mujeres enlutadas que rezaban precipitadamente a un Dios que no veían. Se le veía entrar en los cuarteles y ahogar las risas de los oficiales. Se le veía entrar en la Casa del Pueblo para provocar un silencio espantoso... Temblaba una España. Y la otra. Las dos tenían miedo. Y se dormía con los ojos abiertos. Y durante toda la noche se esperaba el día con la boca seca. Y cada mañana el pueblo bostezaba su insomnio. Y orinaba su miedo (1).

* * *

Aquel sábado 18 de julio llegó mi padre a casa, a la hora de almorzar, con la cara muy seria; como siempre, le esperábamos mi madre, el abuelo, mi hermano Enrique y yo sentados a la mesa. Nada más entrar en el comedor, sin ningún preámbulo, nos anunció:

—El Ejército se ha sublevado en África.

(1) Me he permitido reproducir este párrafo, escrito por Enrique Castro Delgado en su libro de memorias *Hombres made in Moscú*. Su autor, como es notorio, fue dirigente del Partido Comunista y fundador del famoso Quinto Regimiento; exiliado en la URSS al finalizar la guerra civil española, el conocimiento de la realidad del régimen soviético le hizo abjurar de sus ideales marxistas. *(N. del a.)*

2

¡En pie, famélica legión…!

(De *La Internacional*)

Ocurrió todo con una rapidez increíble; en apenas tres días, la ciudad cambió de rostro, se hizo otra, imposible de reconocer. Las calles quedaron ocupadas, tomadas sería más exacto decir, por unas turbas enloquecidas, vociferantes, que asaltaban pisos y comercios, en nombre de la libertad y de la revolución. Hombres de cualquier edad, descamisados, en alpargatas, corrían de un lado a otro como enajenados, siempre gritando, y se abrazaban entre sí, tal que si fuesen presos salidos de un largo cautiverio. Y es que así pensaban ellos, así se consideraban, libres al cabo de siglos de explotación capitalista; se lo habían metido en sus cortas seseras muchos meses de bien cuidada propaganda, de eficaz demagogia.

Requisaron los automóviles de los ricos, que ricos eran para aquella horda quienes llevaban corbata o ejercían una actividad liberal o poseían cualquier propiedad, por modesta que fuese, por muy merecida que la tuviesen. Así que vaciaron los garajes, y ebrios de poder, gozosos en su desquite, se paseaban por las calles en los coches robados, sin respetar las señales de tráfico, sonando sin parar las bocinas, haciendo de ellas ruidosas mensajeras de su victoria. Eran frecuentes los choques, las colisiones; daba lo mismo. Dejaban los vehículos embutidos unos contra otros, celebrando entre risotadas el accidente y se incautaban de unos nuevos.

Unidos a la chusma, participando de la colectiva euforia, bastantes guardias de Asalto, despojados de las guerreras, con pañuelos rojos al cuello, recibían calurosas ovaciones del gentío. En el que abundaban las mujeres, más vociferantes todavía, greñudas, perdido en ellas todo signo de feminidad. Iban del brazo de sus compañeros incitándoles al saqueo, animándoles a la rapiña. ¿Y de dónde habían salido tantas armas? Porque el populacho llevaba escopetas, fusiles, pistolas, machetes. Los alzaba con furia, como prueba de su poderío y algunos disparaban al aire y, entonces, los demás se picaban y también lo hacían y se organizaba una zarabanda de tiros, entre histéricas carcajadas.

De rato en rato, descansaban de la juerga en los bares, algunos estaban abiertos, y se acodaban en la barra y pedían cerveza y vino y champán, también champán, eso que bebían antes los capitalistas y que ahora también era para el pueblo. No pagaban; a lo más, dejaban un vale, gran invento de la revolución, un pedazo de cartón con el sello del sindicato o del partido, promesa jamás cumplida de posterior pago por aquéllos.

Eran los dueños de la ciudad, mientras las llamadas autoridades civiles, metidas en sus despachos, comunicaban con sus superiores, con el ministerio, con la Dirección General de Seguridad y desde Madrid les recomendaban paciencia, serenidad, hay que comprenderlo, el pueblo quiere justicia, nada de adoptar medidas violentas, todo lo contrario, ya se calmarán. Sí, hay que facilitarles armas, a través de los sindicatos, desde luego; tengan muy en cuenta que estas gentes son nuestras, constituyen el mejor apoyo del gobierno, contamos con ellas para defender a la República de los militares traidores.

Los militares de la ciudad aún no se sabía si eran también traidores; estaban encerrados en sus cuarteles, dudosos, vacilantes, sin adoptar ninguna decisión. Hasta que un sargento audaz, allá, en el acuartelamiento de Paterna, les descerrajó varios tiros a los oficiales sospechosos y salió a la calle con los soldados, incorporándose a las turbas. Había sido leal a la legalidad vigente, se alabó. Y los jefes de la División optaron entonces por la prudencia y se declararon también leales al gobierno.

Disipados con ello todos sus temores, el pueblo en armas consolidó su absoluto dominio de la situación. Y pudo saciar uno de sus más fervientes deseos: arrasar cualquier símbolo religioso. Casi al tiempo, comenzaron a arder todas las iglesias; entre blasfemias e imprecaciones, el populacho rociaba sus muros con gasolina, después de haber mutilado las imágenes y destrozado los altares. Gigantescas hogueras se alzaron sobre los tejados de la ciudad y el aire se hizo denso y se ennegreció y las pavesas chisporroteaban al revolotear sobre el griterío jubiloso de los incendiarios.

Que antes de consumar la quema, bien se habían cuidado de apoderarse de los cálices de oro y de las pocas monedas que encontraron en los cepillos y de las recamadas casullas. Algunos se las ponían y se calaban un bonete y así se fotografiaban, con el fusil al hombro, mientras las mujerucas bailaban al corro, alrededor de una pira donde se consumían libros de misa, sotanas y cuadros religiosos; quizás de Murillo, de Zurbarán, de Ribera. Quizás primitivos. ¡Qué más daba! En pleno aquelarre, dominados por una demencia colectiva, los revolucionarios creían estar instaurando un orden nuevo, alumbrando una sociedad más justa.

Al atardecer, la ciudad olía a madera requemada, a gasolina, a hollín. Y a rebaño, a masas de sudadas axilas, a vino ácido, a vomitonas y a mierda. Rematada su tarea incendiaria, los defensores de la legalidad se iban concentrando en la plaza de Castelar, satisfechos por haber cumplido con su deber revolucionario. Centelleaban de júbilo sus ojos y aún les quedaban fuerzas para vitorear a Rusia y apostrofar al clero.

Desde los micrófonos de Unión Radio, La Pasionaria les felicitaba por su valor, por su espíritu, por su firme entrega a la causa proletaria. Y les proclamaba adalides de la democracia.

* * *

El martes 21, muy temprano, apareció de improviso por casa tío Jaime. Vestía una especie de uniforme, camisa caqui cruzada por un ancho correaje, pantalones negros y pistolón al cinto. Lo que más nos sorprendió fue la estrella dorada de ocho puntas, es decir, las insignias de comandante, que lucía sobre el pecho. Dejó sobre la mesa del comedor dos grandes latas de jamón de York que traía consigo y explicó a mamá, a guisa de saludo:

—Como estos días estuvo todo cerrado, me imagino que no andaréis sobrados de comida.

Después le dio un beso en la mejilla y otro a su hermano, nuestro padre. A Enrique y a mí se limitó a hacernos un gesto cariñoso con la mano.

—Bien, os ruego que me atendáis con especial atención. —Vio que nosotros hacíamos intención de marcharnos y nos indicó—: No, no os vayáis, que a vosotros también os afecta lo que voy a decir.

Nos sentamos alrededor de la mesa. Jaime ofreció un Lucky a papá, que lo rehusó; le prendió fuego con un mechero de yesca y adivinando la sorpresa de su hermano, a quien le traicionó el gesto de estupor, explicó:

—No te preocupes, que no he perdido el encendedor de plata que me regalasteis por mi santo. Pero debéis comprender que sería un alarde de mal gusto utilizarlo entre los compañeros milicianos.

Se alisó sus cabellos negros, que se le encrespaban, rebeldes, y le caían por la frente. Evidentemente, había suprimido también la gomina para sujetárselos.

—Bueno, veréis que me han hecho comandante. Tengo bajo mi mando un batallón de milicias socialistas, que hoy mismo quedará definitivamente encuadrado. Porque el gobierno no se fía de los militares profesionales y prefiere apoyarse en los soldados del pueblo, en voluntarios, que se ofrecen por millares. Para mandarles ha sido preciso improvisar sus jefes y en el partido han confiado en mí.

—¿Y qué diantres sabes tú de ciencia militar?

—Eso es lo de menos: lo importante consiste en alentar el espíritu de los milicianos, procurando mantenerlos con un mínimo de disciplina. Pero en fin; no he venido para que hablemos de mí, sino de vosotros.

—Pues tú dirás...

—Sería estúpido que os dijera que el gobierno controla la situación; ni siquiera nosotros, en los partidos y en los sindicatos, podemos reprimir las ansias de desquite de estos obreros, de estos campesinos, que ahora se encuentran con la posibilidad de hacer justicia a su manera.

—Una manera bastante salvaje ¿no te parece?

—Sí, sí, de acuerdo. Pero la realidad es ésa y hay que aceptarla. Por eso quiero que os fijéis bien en cuanto os voy a decir. De momento, será imposible evitar que os hagan un registro aquí, en el piso. O varios. De modo, hermana Tonica, que tienes que hacer desaparecer tus misales y tus rosarios y tus estampas y la imagen de san Antonio que tienes en la habitación —miró a la pared—. Naturalmente, esa Santa Cena debéis quitarla inmediatamente. Lo difícil será deshacerse de ella; bueno, envolvedla en unos trapos y me la llevaré al cuartel de milicias, como si la hubiese requisado en alguna parte. También debéis quitaros las medallas y los escapularios; eso será más sencillo de ocultar.

—Esta de la Virgen de los Dolores la llevo colgada en el pecho desde que murió nuestra madre: era suya...

—Lo sé, lo sé; pero no está la cosa para sentimentalismos. Precisamente tú, Enrique, has de tener más cuidado que nadie. Hay mucha gente que te odia.

—¿Pero por qué? Sabes que nunca me he metido en política.

—¿Y qué más da? Para ellos eres un burgués, incluso pueden decir que un capitalista. No, no me interrumpas; sé mejor que nadie lo que has trabajado en esta vida. Pero también sé cómo están los ánimos.

Mamá no pudo reprimir unos sollozos.

—¿Qué tal las criadas? ¿Son de fiar?

—Creo que sí. A Amparo ya la conoces; de toda confianza. La otra chica lleva poco tiempo, pero parece buena persona. Claro que tiene un novio comunista... Oye, ¿y los dependientes de la tienda?

—No te preocupes demasiado por ellos; se contentarán con incautarse del negocio, que es lo que se hará mañana con casi todos los de la ciudad cuando vuelvan a abrirse. Porque el gobernador va a ordenarlo de un momento a otro.

—¿Y el dinero que tengo en el banco?

—¿Pero no lo habías sacado? ¡Enrique, eres un ingenuo! Procura ir mañana a primera hora, a ver si consigues todavía salvar una parte. Di que tienes que pagar la nómina de estos días..., que debes unas facturas..., qué sé yo, algo que justifique la retirada de fondos. Naturalmente, llévate sólo una cantidad que no llame la atención. Y si lo consigues, escóndelo bien; lo digo por lo de los registros.

—Tengo aquí una caja fuerte...

—¡No, hombre, no! Eso será lo primero que harán abrir. Sigo. Muy importante: vuestros porteros son peligrosos. Muy peligrosos. Él, creo que se llama Bernardo, no tanto; pero la mujer... ¿cómo se llama la mujer?

—Eulalia.

—De cuidado. Irá por vosotros. Sobre todo, le tiene una manía especial a Tonica.

—¿A mí? ¡Si siempre he estado cariñosa con ella y le regalaba los trajes usados y le pagué la comunión de su hija pequeña!

—Por eso precisamente te odia, ¿no te das cuenta?

—No puedo entenderlo...

—Pues así es. A ti, Enrique, te estoy buscando un

carnet de algún partido del Frente Popular. El socialista no podrá ser, claro; allí está todo muy controlado. Creo que lo conseguiré en Izquierda Republicana. Vosotros, sobrinos, nada de salir a la calle hasta que la situación se tranquilice. Y tú, Enriquito, olvídate de aquellas aficiones falangistas que me contaste. Por cierto; si tienes algún papel o alguna insignia, quémalas en cuanto yo me marche.

—¿Y el abuelo? ¿Quieres que le llame? Todavía está durmiendo...

—El bueno de don Luis no me preocupa; al contrario. Puede ser un argumento favorable. Todo el mundo sabe cómo piensa...

Le ayudé a descolgar el cuadro de la Santa Cena que presidía el comedor y que, personalmente, siempre había encontrado horroroso. Lo envolvimos con unos harapos.

—Éste es el teléfono del cuartel de milicias donde estoy. Este otro, no sé si ya lo teníais, el de mi casa. Bueno, el de casa de Rogelia. Al menor problema que surja, llamadme en seguida. Pero en seguida: los minutos pueden ser decisivos...

Nos besó a todos y con nuestro padre se dio un abrazo muy fuerte, muy entrañable.

—Adiós... —Rectificó en seguida con una sonrisa—. Quiero decir salud. Que tampoco se os olvide.

* * *

Por la tarde llamó Pedro Serra a Calatayud.

—No le pregunto cómo están, porque me lo imagino. ¿Se ha enterado de que hay orden de que mañana vuelvan a abrir los comercios?

—Sí, ya lo sabía.

—¿Y qué piensa hacer?

—Usted dirá; cumplirla.

—Claro, claro; no habrá más remedio. ¿Sabe algo de los amigos de la peña?

—Nada en absoluto.

—Me preocupan los dos. Boils, porque está significado como tradicionalista. Pepito..., pues qué le voy a decir, le conoce tanto como yo. Es capaz de cualquier cosa.

—Efectivamente, yo también estoy intranquilo por ellos...

El miércoles, cinco minutos antes de las nueve, Enrique estaba en la puerta del banco de Vizcaya. Un piquete de guardias de Asalto protegía la entrada; a la hora en punto se abrió la oficina. Todo estaba, aparentemente tranquilo. En la ventanilla de cobros le abonaron sin comentario el cheque de diez mil pesetas. Le extrañó que Menéndez no ocupara su puesto habitual en la contigua.

—¿Está enfermo don Alberto? —se interesó.

—No, está muy sano. Lo que pasa es que se ha incorporado a las milicias de la FAI, creo que hasta le han hecho mandamás —explicó el empleado con cierto deje sarcástico—. ¿No sabía que es anarquista?

—Pues la verdad, no. Como yo nunca me he metido en política...

A las nueve y cuarto llega a El Capricho. Ya están esperando los tres dependientes.

—Perdonen el retraso; mi suegro no se encontraba bien y he tenido que ir antes a la farmacia.

Apenas entran en la tienda y encienden las luces, Paco, el más veterano de los dependientes, antes, incluso, de ponerse el guardapolvo, que es su traje de faena, le dice con algún balbuceo:

—Mire, don Enrique, en el sindicato nos han dado unas órdenes muy severas. Tenemos que hacernos cargo del negocio; lo que se dice incautarnos de él. No es cosa nuestra; pero harán comprobaciones... Si por nosotros fuera...

—Gracias, Paco; ya lo sé.

—También tiene que entregarnos las llaves del local. Y autorizar la firma de dos de nosotros para poder disponer de la cuenta corriente... Y entregarnos los libros de contabilidad.

—¿También eso?

—Sí, señor; también. Por último... don Enrique, no sé cómo decírselo. Pero en el sindicato...

—Diga lo que sea; no se preocupe.

—A partir de hoy, usted figurará como dependiente, con el sueldo legal de doscientas cincuenta pesetas al mes. Y tendrá que estar detrás del mostrador atendiendo a la clientela. Éste —por Lucio, el más joven de la terna— se ocupará del despacho, porque sabe de números mejor que nosotros y escribe sin faltas de ortografía.

Calatayud hizo un soberano esfuerzo de voluntad para contestar simplemente:

—Bien, qué le vamos a hacer. Son otros tiempos, ¿no?

—Eso dicen, sí, señor...

Colocaron sobre la luna del escaparate un letrero escrito a mano en el que se anunciaba: *Este establecimiento ha sido incautado por sus trabajadores. El comité de control.* Y un sello de la UGT.

En Casa Balanzá, en cambio, no hubo incautación, al menos por el momento. Quizás primara el conocido izquierdismo de don Julio, republicano histórico. O quizás pensaran los del sindicato, con buen juicio, que, mientras las cosas siguieran como estaban, el establecimiento iba a ser un negocio ruinoso. Sin duda fue ésa la verdadera razón, ya que tampoco requisaron Casa Barrachina, el otro bar famoso de la plaza de Castelar, pese a que en este caso, sus dueños, unos emigrantes aragoneses, *churros* se les llama, eran abiertamente de derechas.

En ambos locales, los milicianos continuaban con el sistema de los vales para pagar sus abundantes consumiciones. Más todavía, desde que se habían organizado con apariencias militares y hasta presentaban cierta uniformidad, el mono azul con cartucheras o con cananas, las inevitables alpargatas de suela de cáñamo y un gorro cuartelero, al que, por incógnitas razones, le habían cortado la borla y achatado los picos. Otros lo llevaban con los colores rojinegros; eran los de las milicias de la CNT-FAI, las más escandalosas, las más violentas.

Y también se habían improvisado, lo contó Jaime, los cuadros de mando. De modo que el portero del Club Náutico, aquel negrazo de tan refinados modales, se colocó las dos estrellas de teniente sobre una guerrera robada en el cuartel de artillería y anunciaba a sus compañeros que estaba confeccionando la lista de los clientes más asiduos del restaurante, los grandes burgueses, los infames capitalistas, para comenzar a liquidarlos.

Anselmo, el limpiabotas cojo de Balanzá, se agenció una blusa roja, de un rojo chillón, hiriente a la vista y muleta en ristre, arengaba a los milicianos; también les daba nombres de los clientes fachas del bar, los de su colega Benigno. Lo que sentía era que éste se le hubiera escapado; pues, en cuanto advirtió el cariz que tomaba la situación, el tuerto puso tierra por medio, desapareciendo de la ciudad. Anselmo se conformó con requisar sus avíos de trabajo; aunque, naturalmente, él ya había dejado el oficio, harto de doblegar el espinazo. Ahora estaba en los servicios de propaganda del Partido Comunista, sin que fuera obstáculo para ello su condición de analfabeto.

Los presuntos oficiales de milicias enloquecían con el boato, el oropel y la farfolla. Se habían inventado uniformes ostentosos, por supuesto absolutamente multiformes: cazadoras de cuero, a despecho de la temperatura, altas polainas, botas de media caña, guerreras y gorras de plato procedentes de los expoliados cuarteles del Ejército, camisas caqui, cruzadas por correajes. Y las pistolas, generalmente llevaban dos, una sobre cada cadera, como definitiva expresión de su autoridad.

Los registros domiciliarios comenzaron en seguida. Sin papel alguno que los autorizara, los milicianos allanaban los domicilios privados, revolviéndolo todo, levantando colchones, abriendo armarios, desvalijando cajones, vaciando las despensas. Muchas veces iban acompañados del portero de la casa, que guiaba a los expoliadores, como buen conocedor que era del piso en el que tantas veces los dueños le habían dado cordial acogida. Y éstos asistían al destrozo, mudos, aterrados, sin osar oponerse al robo ni a la investigación.

Así invadieron los edificios del ensanche, las viejas casonas de la calle de Caballeros, los modernos rascacielos del centro de la ciudad. Y aún gracias si el registro se quedaba en eso; porque, en demasiadas ocasiones, el hallazgo de los objetos más inofensivos, un rosario, un recordatorio de primera comunión, la fotografía dedicada de algún militar de alta graduación, un libro religioso, un periódico antiguo de derechas, bastaban para que los patibularios se llevasen detenido al dueño del piso. Y a sus hijos mayores, si alguno se atrevía a enfrentarse con ellos.

El simple ruido del ascensor en marcha provocaba temblores en las familias que lo escuchaban desde la sala de estar, desde el comedor, desde el vestíbulo. Aquellos viejos ascensores, lentos, de madera tallada, con asientos en el interior, chirriaban de modo especial al subir hacia los pisos, al pasar por cada rellano. Los vecinos enmudecían, se hacía un silencio temeroso, que se convertía en suspiro de alivio cuando el aparato seguía hacia las plantas superiores o en miradas asustadas, gestos de pánico, si se detenía en la propia: en él podían llegar los milicianos, los del registro, los de la detención.

Pues la detención solía ser el anticipo del asesinato. Pronto se les dio un nombre trágico a las ejecuciones: *el paseo*. Y es que los criminales se mofaban de sus víctimas, camino del sacrificio, diciéndoles que les llevaban a dar un paseo. Se había desatado una locura inaudita; nadie pudo pensar jamás que existiesen tales odios, tales resentimientos, tales rencores en gentes que hasta entonces, aparentemente, eran normales. Súbitamente estalló en ellas una ansia de desquite, un revanchismo difícilmente explicable. Era una demencia compartida, una vesania enfermiza. Se mataba al acreedor para condonar drásticamente la deuda; al patrono, por serlo; a la señora de comunión diaria, por beata; al abogado que les ganó un pleito, por haberlo hecho. Y a todos se les englobaba bajo la misma acusación: fascistas, emboscados, enemigos del pueblo.

Mientras tanto, por los micrófonos de las radios, el gobierno, los mandos locales, algún dirigente de la izquierda moderada, pedían calma, serenidad, sosiego, a sabiendas de lo estéril de semejantes invocaciones. No se atrevían a dominar por la fuerza el salvajismo de las turbas; porque también eran conscientes de que les habían arrollado, de que carecían de la más mínima autoridad sobre ellas.

* * *

A primera hora, Enrique Calatayud llamó al abogado Murgadas.

—Don Amalio, necesito hablar con usted de un tema profesional.

—Venga cuando quiera. Tengo todo el tiempo libre; como no hay juzgados...

—Tendrá que ser a partir de la una, cuando cerramos la tienda. Bueno, verá —sintió la necesidad de explicar—, es que ahora estoy de dependiente. Me han incautado el negocio.

—Ya lo suponía. Pues entonces, después de la una, le espero.

La consulta es concreta: Enrique quiere hacer testamento. Es muy antiguo el que tiene otorgado; desde que se casó. Y le parece prudente actualizarlo por lo que pueda pasar.

—Necesito que me oriente, amigo Murgadas, antes de ir al notario.

—Olvídese de eso, si tiene tanta prisa como me

dice. Varias notarías han sido saqueadas por los milicianos, que destruyeron los protocolos. Las demás,
de momento, no funcionan. Así que le aconsejo que
extienda un testamento ológrafo; podemos redactar-
lo ahora mismo.

—Lo que usted diga.

—Pues vamos allá... Habrá que hacer, naturalmente, la relación de bienes...

Toma unas cuartillas del cartapacio y comienza
a anotar. El local de El Capricho, comprado hace
cinco años; queda por liquidar el último plazo de la
hipoteca, alrededor de tres mil pesetas. La vivienda,
no; es alquilada. Los muebles y mercancías de la
tienda, por supuesto, aunque su valor depende de las
existencias en cada momento. Veinte mil pesetas en
papel del Estado; cincuenta mil en acciones de la Telefónica. Y nada más. Aparte, claro, lo que haya en la
cuenta corriente.

—¿Joyas? —pregunta el abogado.

—Sí, algunas. La sortija de pedida de mi mujer,
un brillantito pequeño. Unos pendientes de esmeral-
das. ¡Ah! Y el collar de perlas, que son auténticas.
Porque lo demás que tiene, es bisutería.

—¿Eso es todo?

—Sí, señor...

Murgadas se pasa la mano por la frente, que se
amplía por la creciente calva; con media sonrisa comenta:

—Pues ya ve lo que son las cosas: para los revolucionarios es usted un oprobioso capitalista...

Suena el timbre de la puerta. Don Amalio se extraña:

—No espero a nadie...

Se levanta, sale del despacho, para regresar al
momento, con el ceño fruncido.

—Son milicianos. Me temo que se trata de un registro... No conviene que le encuentren aquí; venga,
saldrá por la puerta de servicio...

Mientras Enrique baja a toda prisa por la escalera de atrás, el miliciano que parece mandar se dirige a Murgadas con notoria brusquedad. Es un joven de poco más de veinte años, barba negra, despechugado y que, mientras habla, sostiene con ambas manos un fusil máuser.

—Hemos recibido una denuncia. Tenemos que registrar el piso.

—¿Traen alguna autorización judicial?

Con una sonrisa despectiva, el barbudo aparta de un empujón a don Amalio y ordena a los tres individuos que le acompañan:

—¡Hala, ya podéis empezar...!

Marchan por el pasillo, a la vez que llega doña Fina, que se coge con fuerza del brazo de su marido.

—¿Y los chicos?

—Están en casa de mi hermana; no creo que tarden.

—Ojalá lo hagan...

El barbudo entra en el despacho; las estanterías cubren las paredes. En sus anaqueles, la colección Aranzadi, el Alcubilla, bibliografía jurídica, revistas de Derecho. El título de abogado, un diploma de la Universidad de la Sorbona. Y, empotrada, una caja fuerte.

—Ábrela...

—Tenga en cuenta mi profesión; ahí dentro sólo hay documentos, documentos de mis clientes, todos ellos confidenciales...

—Te digo que la abras...

Murgadas saca del bolsillo un puñado de llaves y con una de ellas, pequeña, deja al descubierto el contenido de la caja. El barbudo agarra un montón de escrituras, escritos judiciales, varias letras protestadas, algunos contratos. Lo hojea todo con displicencia y después lo arroja al suelo.

—¡Burocracia...! —dice con desprecio.

Entra uno de los milicianos que andaban por las otras habitaciones; trae en la mano una figurilla de escayola.

—Mira lo que hemos encontrado —le dice al jefe—. Un santo.

Don Amalio intenta sonreír, pero tan sólo consigue forzar un rictus amargo.

—¡No diga tonterías! —y ante la mirada del miliciano—. Usted perdone; quiero decir que se equivoca. Esa figura representa el símbolo de la justicia. ¿No lo ve? Los ojos vendados, la balanza, la espada...

—Cuentos chinos. Tiene que ser la patrona de algo; a lo mejor, de los tenderos. Lo digo por la balanza... —y se ríe ruidosamente de su propia gracia.

Llega otro de los milicianos; éste lleva, hechas un revoltillo, la colección de mantillas de doña Fina. La cual no puede reprimir una súplica espontánea:

—¡Por favor, mis mantillas no se las lleven...!

El barbudo que manda las tiene ahora entre sus manos, gordezuelas, sudadas, de dedos bastos y negras uñas.

—Así que son tuyas, ¿eh? ¿Y para qué las quieres? ¿O es que piensas seguir yendo a misa?

Los otros milicianos sueltan la carcajada; el jefe comenta:

—Mucha beatería hay en esta casa... Vamos a repasar estos libracos...

Se acerca a las baldas de la librería y con un dedo va señalando los lomos.

—¡Vaya cuento que hay aquí! —dice, despectivo. Y de pronto—: ¡Hola! Lo que faltaba. Derecho Canónico. Y más Derecho Canónico. Seis, siete libros de Derecho Canónico. —Se vuelve a Murgadas, violento—: No irás a decirnos que esto no es cosa de curas.

—Son textos profesionales; los necesito para estudiar... Defiendo causas de separación...

—A quien tú defiendes es al clero.

—Y a muchos compañeros suyos... Mire, pocos días antes del alzamiento...

—Querrás decir de la revolución —advierte la llegada del tercer miliciano—. ¿Has encontrado algo?

79

El otro le entrega un diploma, enmarcado en orla dorada.

—Como no sé leer, no sé lo que dice. Pero lleva pintado un santo.

No es un santo; es la efigie de Pío XI, porque se trata de la bendición papal que los Murgadas solicitaron del Pontífice al casarse.

—¡Lo que faltaba! —rezonga el barbudo—. ¡Amigos del cabrón del Papa!

—No le hemos visto en la vida —se defiende Murgadas—. Pero había la costumbre...

—Había muchas costumbres cochinas entre los clericales. Sobre todo, la costumbre de explotar al proletariado.

Descuelga el fusil, que se había colocado en bandolera, y apuntando a don Amalio dice imperativamente:

—Te vienes con nosotros.

Doña Fina, en puro sollozo, se agarra al cuerpo de su marido, intenta atraerlo; uno de los milicianos la separa con violencia y, como ella se resiste, la tira al suelo de un culatazo. Los otros dos aferran a Murgadas por los brazos y a empellones le llevan hacia el recibimiento, hacia la puerta y a empellones lo bajan por la escalera, sin hacer caso de sus gritos, de sus protestas, de sus atribuladas súplicas. Y también a empellones lo meten en un auto aparcado frente al portal, que lleva escritas con cal en la carrocería las siglas trágicas. CNT-FAI.

Cuando doña Fina consigue ponerse en pie, venciendo el dolor de su costado, va hacia el balcón, abierto; el coche de los milicianos ya está al final de la calle y dobla hacia la adyacente. La señora, gimoteando, anda con dificultad, se dirige hacia la habitación del matrimonio; la cama está deshecha; reventado a machetazos el colchón, la borra se extiende por el suelo. También están en el suelo los cajones de la cómoda y las perchas del armario, con los trajes revueltos y pisoteados.

Siempre con el dolor en el rostro, camina entonces hacia la cocina; va llamando tenuemente, apenas puede respirar, a la criada:

—¡Josefina!, ¡Josefina! ¡Auxilio, por favor! ¡Josefina...!

Pero Josefina no está; ni nunca más volverá a verla. Aquella tarde, vestida ya con el mono azul y el brazalete rojinegro de libertaria, tomará unas copas con sus compañeros, en el cuartel de las milicias anarquistas, que antes fue colegio de dominicos. Todos la felicitan, todos celebran el acierto de su denuncia.

—Tenías razón: es un reaccionario, un faccioso —le dice el barbudo que dirigió el registro y la detención de Murgadas.

—¡Si lo sabría yo, que padecí cinco meses a esa familia de beatos! Anda, ponme otra copa, que me la he ganado...

Levanta el vaso de vino y brinda:

—¡Por todos los rosarios que he tenido que aguantar! ¡Que le den por el culo al ilustre letrado...!

—No habrá tiempo —se chancea el otro.

* * *

Llevábamos ya más de una semana sin salir de casa. Tanto Enrique como yo nos habíamos leído y releído todos los libros que teníamos: las novelas de Salgari y de Julio Verne, los cuentos de la colección Molino, las historietas del travieso Guillermo, los tomos de Araluce que le quedaban a mi hermano, después de las sacas efectuadas en la colección para reunir fondos... Encargamos a papá que nos comprase nuestros tebeos de cada sábado, pero no se habían publicado; además, nos advirtió, en adelante sería preciso reducir gastos y teníamos que hacernos a la idea de suprimir los superfluos.

Como las ventanas estaban todo el día abiertas, pues el calor resultaba asfixiante, llegaban con absoluta claridad los ruidos callejeros, que eran muchos y muy distintos. Por las mañanas había cierta calma; tan sólo, alguna vez, sonaban trompetas y tambores: un desfile de milicianos, que contemplábamos desde el balcón que daba a la plaza de Castelar. Iban de tres en fondo, mal formados, con el paso cambiado, braceando sin gracia. Entre los hombres se mezclaban mujeres, también con el arma al hombro, que, al intentar ofrecer un aspecto marcial, quedaban especialmente ridículas. La gente las aplaudía, aunque cada vez con menos entusiasmo.

Era curioso este espectáculo de la gente, de los viandantes. Absolutamente nadie llevaba corbata ni menos aún, sombrero. Resultaba divertido encontrar entre los mal vestidos a personas que habían tenido justa fama de elegantes, de dandis relamidos. Y se hacía fácil distinguir a los de derechas, aunque no les conociésemos: caminaban de prisa, mirando de continuo hacia atrás y hacia los lados, con el temor dibujado en las caras. En cambio, los de la situación paseaban orondos, infatuados y se saludaban unos a otros levantando el puño, aunque sin ponerse de acuerdo en cuál de ambos, el derecho o el izquierdo, tenían que utilizar.

Al mediodía se animaba la plaza; los bares se llenaban, mayormente de milicianos, y comenzaban a sonar los organillos, que ya no pararían hasta bien entrada la noche. Se colocaban en las esquinas más concurridas y mientras el pollino que los arrastraba movía de continuo las orejas, para ahuyentar las moscas que acudían en bandadas, atraídas por las mataduras del flaco animal, el gitano le daba al manubrio y la gitana, normalmente con algún churumbel al brazo, pasaba el platillo, poniendo carita de pena.

Tenían éxito los organilleros; a las milicianas, sobre todo, les gustaban sus musiquillas y les echaban perras gordas y les pedían que repitieran el repertorio, que era siempre el mismo: *María de la O, Mi jaca, El picolino, Ramona, El continental, La Marse-*

llesa y *La Internacional*. Al abuelo Luis le fastidiaba que no tocasen también el *Himno de Riego* y todos los días repetía:

—Éstos tienen de republicanos lo que yo de obispo.

Al anochecer, la calle de Pi y Margall se llenaba a tope; habían vuelto a funcionar los teatros, que incluso estrenaban funciones muy del momento: *Amanecer rojo, Madre Rusia* y cosas así. Contó mi padre que también la revolución había llegado al mundo de la farándula: se unificaron los sueldos y todos cobraban lo mismo, artistas principales, secundarios, acomodadores y tramoyistas. Aquello duró poco: hasta que un primer galán famoso dijo que él iba a trabajar de acomodador y que un acomodador interpretase su papel.

Los cines estaban asimismo llenos; y la película de más éxito seguía siendo *Morena clara*. Aunque, curiosamente, en los carteles que la anunciaban habían tapado los nombres de Imperio Argentina y Miguel Ligero, poniendo encima unas tiras de papel en las que se leía: fascistas, traidores. A pesar de lo cual, el público continuaba divirtiéndose con sus canciones y riendo sus chistes. Y eso que era un público absolutamente proletario, porque el antes habitual no estaba para espectáculos.

De la cartelera nos enterábamos leyendo *Fragua Social*, que era como ahora se llamaba *Las Provincias*, reconvertidas en diario extremista, muy proclive, como todos, a publicar mentiras. De tal manera que, días más tarde, anunciarían en primera y a toda plana que Franco había muerto en Tetuán, asesinado por un sargento. También, a lo largo de muchas semanas, iban a dar con reiteración la noticia de que los defensores del Alcázar de Toledo se habían rendido a las fuerzas leales.

Nuestro padre tenía una fuente de información más fiable. Por las noches, a las diez, se encerraba en el cuarto trastero, que no tenía ventanas y al cual, por eso mismo, había trasladado la radio; se metía debajo de una manta que cubría de consuno su cabeza y el aparato y así, sudando la gota gorda, escuchaba Radio Club Portugués y, con especial deleite, las charlas del general Queipo de Llano, emitidas desde Radio Sevilla. Siempre volvía eufórico de su calurosa audición, convencido de que las operaciones militares iban muy bien y pronto *los facciosos*, como aquí se les llamaba, reducirían al gobierno.

A nuestra madre la asustaba aquella obsesión radiofónica, porque ya el gobierno civil había advertido que estaba rigurosamente prohibido escuchar las emisoras fascistas y a más de uno detuvieron, delatado por los vecinos, por los porteros o por las criadas. De ahí que mamá celebrase mucho que Luisa, la doncella, le anunciara que había decidido volverse a su pueblo.

—Es que, señora, con todo este jaleo, tengo el miedo metido en el cuerpo y la verdad, pienso que mejor que en casa no se está en ninguna parte.

—Tienes toda la razón, hija...

—Así que mañana saldré en el correo de las nueve y a las tres de la tarde, más o menos, ya estaré en Mora. ¡La alegría que se llevarán mis padres!

—Dales muchos recuerdos de mi parte. —Con intención, se interesó—: Oye, ¿y tu novio?

—Ésa es la otra. Se ha apuntado a una columna comunista y se marchará al frente.

—Que tenga suerte...

—Es que el chico tiene muchos ideales, ¿sabe usted?, y dice que quiere luchar por la libertad de los oprimidos.

—Hace muy bien, si cree que debe hacerlo.

—Por cierto, señora, despídame de don Vicente, el párroco, que a mí no me dará tiempo. Y explíqueselo; como fue él quien me recomendó, no vaya a enfadarse conmigo...

—Descuida; aunque me parece que el bueno de don Vicente tiene ahora otras preocupaciones...

Y tantas. Como que, al día siguiente, apareció por

casa el párroco de San Martín, a eso de las ocho de la tarde. Amparo le abrió la puerta y se llevó un buen susto, al verse delante de un hombre con el pelo cortado al cero, en camisa, con pantalones de pana y sandalias.

—¿Qué desea? —le preguntó, muy arisca.

—¡Pero, Amparo! ¿No me conoces?

—¡Ahora sí! ¡Por la voz! ¡Pase, don Vicente, pase...! ¡Y perdone; pero es que está usted tan cambiado! Claro; acostumbrada a verle con sotana...

El cura se llevó el dedo índice a los labios.

—¡Chitón! ¡Ni se te ocurra volver a mencionarla...!

La sorpresa de todos nosotros ante la metamorfosis del sacerdote también fue grande.

—Se ha desatado la caza de curas —nos explicó—. Que yo sepa, dos compañeros de la parroquia están detenidos y sólo Dios sabe si saldrán con vida. Yo tuve suerte; cuando vinieron a incendiar San Martín, que lo han arrasado totalmente, estaba llevándole los últimos auxilios a un feligrés. Gracias a eso no me cogieron en la iglesia. Pero, claro, nosotros tenemos un signo externo que nos delata: la tonsura. Así que pensé que la única manera de borrarlo era ésta: pelarme al cero. ¿Cómo me encuentran?

Y puso unos ojuelos pícaros, como de niño que acabase de hacer una travesura. Era extrovertido, dicharachero, campechano. Ni en aquellos momentos dejaba de sonreír dulce, beatíficamente.

—¿Y qué va a hacer ahora?

—Escaparme. Escaparme, si no me descubren antes, claro. No he vuelto por casa; por persona de confianza le envié un recado a mi hermana, para que no se sobresaltase. Duermo en cualquier banco público; anoche, en uno de la Glorieta, por cierto muy confortable. ¿Y saben qué les digo? Que con este bochorno se está allí mucho mejor que en la cama.

Quedamos en silencio. Volvió a tomar la palabra don Vicente.

—Ya he visto, al pasar por delante de la tienda, que se la han requisado...

—Y me han relegado a dependiente de mostrador, con cincuenta duros mensuales de sueldo...

—Vaya... Pues yo venía a darle un sablazo...

—No es la mejor ocasión, pero tratándose de usted. ¿Qué necesita?

—Con veinticinco pesetas me arreglaba. El billete de tren hasta Albacete, en tercera, naturalmente, cuesta nueve. Tendré que comer, alojarme en alguna parte, antes de llegar, si Dios quiere que llegue, a un pueblecito que está a pocos kilómetros, donde vive una sobrina casada. Y donde nadie me conoce.

Se levantó mi padre; a poco volvía con cinco monedas de duro.

—Tenga, don Vicente. Ojalá sirvan para salvarle la vida.

—Por supuesto, lo considero un préstamo.

—Nada de eso. Si no se ofende, le diré que es una limosna.

—¿Cómo voy a ofenderme si me he pasado la vida predicando la caridad cristiana? Que Dios se lo pague. —Se levantó—. Y ya no les molesto más...

—Un momento —le cortó mamá—. Favor por favor, vamos a aprovechar su visita para confesarnos. Llevamos quince días sin hacerlo y me temo que tardaremos aún bastante en repetir el sacramento...

—Encantado, doña Antonia. Si bien sospecho que últimamente no habrán tenido muchas ocasiones de pecar...

—No sé qué decirle, padre. Aunque sólo sea de pensamiento, le he deseado lo peor a esa gentuza. Hasta la muerte.

—Bueno, bueno; pero habida cuenta de las circunstancias, creo que el Señor no se lo tomará en cuenta...

Se fueron a una de las habitaciones, por la que sucesivamente desfilamos todos, a descargar nuestras culpas.

* * *

Estaba Enrique Calatayud tras el mostrador, tan aburrido, que de vez en vez no podía evitar que se le escapase un bostezo. Nadie entraba en la tienda; por las tardes era distinto: El Capricho se animaba bastante. Pero las mañanas resultaban tediosas; y, por si algo faltara, se había impuesto la obligación de no fumar allí. Se trataba de una cuestión de principios: cuando era el dueño del negocio, no permitía a sus dependientes que lo hicieran, por respeto a la clientela. Ahora, ellos fumaban sin parar, liberados del yugo empresarial; pero su ex patrono entendía, y no le faltaba razón, que ser fiel a sí mismo le imponía fastidiarse.

Inesperadamente, cerca del mediodía, apareció en el local Pepito Banquells. Enrique le estrechó la mano calurosamente.

—¡Qué alegría! ¡Gracias a...! —rectificó sin terminar la frase—. Afortunadamente le encuentro muy bien.

—Digamos que en lo que ahora cabe...

—Telefoneé a su casa en varias ocasiones, días pasados; nadie contestaba...

—Decidí no coger el teléfono. He pasado la primera semana de esto que llaman la revolución, encerrado en mi piso, aislado en mi soledad. La portera que, excepcionalmente en estos tiempos, es una bellísima persona, me hacía la comida. Por la noche, tomaba un té con pastas y a la camita. Tenía que compensar la falta de actividad: verá que guardo la línea...

Le miró Enrique, sonriente; para en seguida cambiar a un gesto de inquietud.

—Pero, Pepito, ¿cómo se atreve a ir con corbata?

—Y bien bonita que es, no lo negará. Mire, Enrique, lo tengo muy asumido: más pronto o más tarde, vendrán a darme el paseo. Bueno, pues hasta entonces pienso fastidiarles todo lo que pueda. Y esto de que alguien continúe vistiendo como un caballero les revienta. —Bajó la voz—. Necesito hablar con usted: ¿dónde podríamos hacerlo con discreción?

Calatayud le hizo un gesto de calma con la mano; fue hacia Paco, el veterano dependiente, que estaba sentado al fondo de la tienda, y que se levantó al verle llegar. Con toda humildad, rogó:

—Paco, ¿me permitiría salir diez minutos? Necesito acompañar a este amigo a...

—Claro, claro, don Enrique —concedió el otro en seguida—. ¡Faltaría más...!

Era un hombre honrado y no podía desprenderse de su complejo de culpabilidad.

Decidieron charlar mientras paseaban por el centro de la plaza de Castelar, al que se accedía por unos escalones, porque quedaba a distinto nivel de la calzada. Apenas había nadie en aquello que la guasa popular había bautizado como *la tortada*; el sol pegaba fuerte.

—¿Sabe algo de Boils? —se interesó Calatayud en cuanto salieron de El Capricho.

—Malas noticias. Le detuvieron hace ya tres días y lo han encerrado en Santa Úrsula.

Santa Úrsula estaba al otro lado del río. Había sido la parroquia de uno de los barrios más humildes; tras el expolio, los comunistas la convirtieron en cárcel. Allí se hacinaban más de quinientos *facciosos*, vigilados, fusil en ristre, por los milicianos del partido, que usaban los confesionarios como garitas.

—Pues tengo entendido que de allí, pocos salen vivos.

Banquells no hizo ningún comentario. Mientras subían las escaleras, dejando atrás las fuentes de piedra que nunca funcionaron, entregó a su amigo una carpeta azul.

—Le nombro depositario de esta documentación. Son los títulos de propiedad del huerto y de mi casa. Junto a ellos encontrará una completa relación, escrita a mano, de lo que debe hacerse cuando yo no esté en este barrio. —Interrumpió a Calatayud, que iba a decir algo—. Supongo que tendrá la misma validez que un testamento; pero siempre fui reacio a las solemnidades de esos mamotretos...

—Le agradezco la confianza; sin embargo...

—Perdón; déjeme terminar. Faltan algunos documentos, que quizás fueran necesarios. Por ejemplo, mi partida de nacimiento. Esta mañana estuve en el juzgado, con intención de que me la expidieran; pero resulta que le pegaron fuego al Registro Civil y buena parte de sus libros han quedado destruidos...

Bromeó:

—Por lo cual, como ya no se puede demostrar cuándo nací, he decidido quitarme años. Ahora digo que tengo treinta y ocho. Tampoco me paso; apenas cuatro menos de los verdaderos...

—No pierde usted el humor; le envidio.

—Es una forma de disimular los sentimientos —endureció la mirada, se le hizo grave la voz—. Los juzgados estaban llenos de personas que iban a comprobar si sus familiares desaparecidos figuraban en la relación de asesinados de cada día y, en su caso, a identificarles con las fotografías que a algunos, no a todos, les hacen los agentes judiciales. Horribles fotografías, Enrique; remueve el estómago contemplarlas. Gestos de pánico en los rostros de los muertos, cráneos machacados a golpes, ojos perforados por navajas cabriteras... Algo verdaderamente siniestro...

Encendió un cigarro; Calatayud, evidentemente impresionado, le ofreció fuego.

—Jamás, mientras viva, si es que vivo algún tiempo más, podré olvidar esas fotografías. Hasta tal punto me obsesionan, que he tomado una decisión, que esta misma tarde realizaré.

—¿Puede conocerse?

—En su momento; todavía no ha llegado.

Pareció recobrar en parte la serenidad, cuando continuó explicando:

—El cinismo de estos desalmados lo comparten los jueces, mejor dicho, quienes hacen de jueces, porque los verdaderos o han huido o están en las fotografías. Imagínese el descaro: en los certificados de defunción, hacen constar como causa de la muerte *accidente*.

—Es el colmo de la iniquidad...

—En fin, querido amigo —había recuperado todo su dominio—, que esta noche voy a volver al Bataclán, a despedirme de las buenas amigas que tengo allí...

—¿Pero por qué no se marcha de la ciudad?

—Aún sería peor. Las estaciones están vigiladas, no se puede viajar en tren sin un salvoconducto...

—¿Y para qué quiere su flamante coche?

—Había olvidado contárselo; me lo requisaron hace una semana. Aunque el disfrute les duró poco; aquel mismo día, iba atiborrado de milicianos que no tenían idea de conducir y se dieron tal trompazo contra una farola, que lo dejaron hecho un acordeón. Ellos, menos mal, están en el hospital, bastante jodidos.

De regreso a la tienda, Calatayud sugirió:

—Lo de ir esta noche al cabaret, supongo que será una broma suya...

—Nada de eso. Tengo interés, un interés morboso, por supuesto, en comprobar cómo se comportan estos desgraciados en aquel ambiente. Y en que mis amiguitas me cuenten sus experiencias con ellos, sin duda curiosas.

Se detuvo, para decir con mucho énfasis:

—Mire, Enrique, he llegado a una conclusión. Lo peor de esta gentuza, no es que sean asesinos y analfabetos y crueles en su infinita ignorancia. Lo peor es que son sucios, malolientes, puercos, mugrientos, cochambrosos.

Pareció tomar aire, para concluir:

—Son una mugre.

* * *

Nuestra madre había salido a la calle. Me pidió mi hermano:

—Anda, vete a la cocina a darle palique a Amparo y tenla entretenida mientras llamo a Isabel. No sé nada de ella desde hace diez días.

Cumplí con gusto el encargo; incluso me sentí importante en mi función de encubridor, casi de alcahuete.

A Isabel la avisaban desde la droguería del bajo que tenía una llamada; así que tardaba algunos minutos en ponerse al teléfono y sus conversaciones tenían que ser breves. Sofocó un grito de alegría al escuchar la voz de Enrique.

—Sí, sí, soy yo, claro que soy yo —confirmaba el muchacho—. ¿Que si me he acordado de ti? ¡Todos los días, a todas horas! Pero, dime, ¿cómo estás?

—Ahora, muy feliz. Me tenías asustada; temí que pudiera haberos pasado algo. Con todo este follón que se ha montado...

—Pues, afortunadamente, todos estamos bien. Al menos de salud.

—Yo voy de cabeza, ¿sabes?, porque mi padre se marchó ayer al frente, con esa columna que se llama Los Aguiluchos de la FAI y aquí me tienes, haciendo de ama de casa y cuidando a los chicos, porque mi madre trabaja ahora por las mañanas para poder ir tirando... ¿Cuándo podremos vernos?

—No lo sé. Todavía no nos dejan salir; pero supongo que en dos o tres días ya lo haremos. Te llamaré.

—Te quiero, Enrique...

—Yo también.

—Un beso.

—Otro...

El primer amor, ya se sabe.

—Pasen, pasen; por aquí. Déjenlo todo en el salón del fondo...

Pepito Banquells va vestido de etiqueta, con cuello de pajarita, el lazo impecable; en el ojal de la bien planchada chaqueta del esmoquin, la insignia en plata del Casino de la Agricultura.

Los empleados de la funeraria traen bajo el brazo los cirios, los gruesos candelabros y las peanas doradas, que colocan simétricamente alrededor de un túmulo ya dispuesto en el centro del cuarto, recubierto de rico terciopelo negro, con cenefa plateada. La habitación está llena de coronas y de ramos de flores, pensamientos, margaritas, crisantemos, la jardinería de la muerte, el olor fúnebre.

Bajan los empleados a la calle y a poco entran de nuevo, llevando entre todos, con esfuerzo, un féretro hermoso, el más caro, caoba fina, herrajes de plata, su interior acolchado en seda. Cuidadosamente lo ponen sobre el túmulo, comprueban con diligencia profesional la simetría del conjunto, uno de ellos cambia varios centímetros la posición del candelabro, para alinearlo debidamente con los demás. Abren el ataúd y dejan la tapa en el suelo.

—¿Quiere que le ayudemos a trasladar el cadáver?

—No, muchas gracias —les da unas monedas—. Tengan, para que se tomen unas copas en recuerdo del difunto...

Se marchan dando las gracias y acompañándole en el sentimiento, que se dice. Pepito corre entonces los cortinajes grises, cubre con ellos los dos ventanales y enciende la gran lámpara que cuelga del techo, una araña de cristal. El salón se llena otra vez de luz. Se retira unos pasos, contempla la perfección de la obra bien hecha y da una voz:

—¡Manolo! Ya puedes venir...

(La coronas llevan lazos con dedicatorias escritas en letras doradas: TUS AMIGAS DEL BATACLÁN. FAMILIA CALATAYUD. TUS COMPAÑEROS DE LA AGRICULTURA. ANSELMO BOILS. PURI *LA CACHONDA* NO TE OLVIDA. PEDRO SERRA. LOS NARANJEROS DE LA SAFOR. LA SOCIEDAD DEL TIRO DE PICHÓN. Y la más grande de todas, colocada sobre la cabecera del túmulo funerario: TUS ASESINOS: U.H.P)

Manolo es el fotógrafo del Bataclán, amigo de años, agradecido siempre por el mucho dinero que le ha hecho ganar, dócil ante sus caprichos, leal en su servicio.

—¿Qué te parece?

—Precioso; bueno, es un decir. Me refiero a que queda muy propio.

—Ya sabes: quiero una docena de fotos. Y, sobre todo, tienes que entregármelas antes de las nueve de la noche.

—Por ser cosa suya, don José; que voy a ir muy ajustado de tiempo. Pero descuide, que desde aquí me marcho a casa, a encerrarme en el laboratorio y cumpliré como usted se merece.

—Bien; vete preparando la máquina, que vuelvo en seguida.

Mientras monta el trípode y dispone las placas, Pepito se va al cuarto de baño, peina cuidadosamente sus rubias ondas, se perfila las cejas, humedece los labios, espolvorea cabellos y mejillas con Varón Dandy, comprueba la blancura de los dientes. Culmina el aseo, cepillándose con fuerza la chaqueta del esmoquin y regresa al salón.

—Cuando usted quiera...

—Espera, espera; me olvidaba lo más importante.

Sale de nuevo, para regresar a poco con un crucifijo de marfil.

—Vamos allá. ¿Me echas una mano?

Ayudado por el fotógrafo, se mete en el féretro, que le queda un poco grande. Procura acomodarse, se incorpora para alisar los pantalones, de modo que no hagan arrugas, vuelve a acostarse.

—Oye, pues no se está nada mal aquí —bromea—. Dame el crucifijo.

Lo sujeta entre las dos manos, cruzadas sobre el pecho y cierra los ojos.

—¿Qué tal quedo?

—Muy natural, don José.

—Pues empieza.

El fotógrafo dispara varias veces. Al terminar, avisa:

—Listo. Cuando usted quiera, ya puede levantarse. ¿Le ayudo?

—No, gracias. Todavía estoy ágil.

Apoyándose en los laterales del féretro intenta erguirse. Pero no lo consigue.

—Tenías razón, Manolo. Resulta difícil salir de aquí; claro, no está pensado para eso...

El fotógrafo le agarra la mano, para enderezarle.

—Espera: será mejor sacar primero las piernas.

Por fin logra ponerse de pie sobre el enlosado.

—No te olvides: antes de las nueve tengo que tener las fotos. De lo contrario, no me servirán para nada...

—Las tendrá, descanse...

—Hombre, debías haberme dicho descanse en paz...

* * *

Han quedado perfectas, de un admirable realismo. Pepito Banquells, de cuerpo presente, mantiene e incluso acrecienta toda su elegancia mundana; su rostro ofrece la misma expresión de siempre, incluso apunta esa media sonrisa burlona, tan característica en él. Nadie, viendo las fotografías, podrá dudar de que tuvo una muerte plácida, serena, tranquila; un tránsito dulce.

Llama por teléfono a Calatayud.

—Perdone que le moleste a estas horas. ¿Que le he dado un susto? Disculpe otra vez; pero hoy me he decidido a no dejarle en paz. Como le dije esta mañana, me voy al Bataclán; o sea, que he de pasar por delante de su casa. Le ruego que baje al portal, porque tengo que entregarle un sobre con los últimos documentos. No, no abra la puerta hasta que yo llame. Veamos; son ahora las once y diez. Dentro de un cuarto de hora estaré ahí.

Calatayud se ha colocado un batín sobre el pijama.

—Me da vergüenza tanta molestia; pero le aseguro que será la última vez que le incordio.

—No tiene importancia; para eso estamos los amigos.

—Este sobre debe prometerme no abrirlo hasta que se entere de que ya me han liquidado...

—¡Por favor, Pepito! ¡No diga semejantes cosas!

—Ojalá no tenga que abrirlo nunca, por supuesto. Pero en caso contrario, le repito: sólo entonces podrá conocer su contenido.

—Tiene mi palabra.

—Pues nada más. De nuevo le pido perdón por incomodarle de esta forma. Hágaselo también presente a doña Antonia. Y a sus chicos.

—Así lo haré. Entonces, hasta mañana.

Duda en contestar Banquells; por fin, no lo hace. En cambio pide:

—Un abrazo, querido Enrique...

Se lo dan muy apretado.

* * *

El Bataclán huele a cigarro puro y a colonia barata. Un humo espeso, que casi puede cortarse, sube hasta los palcos, donde las chicas de la casa chicolean con la clientela y beben sin parar, a despecho de la cirrosis. Claro que, expertas en el oficio, siempre hay algún resquicio, una se queda sola en la mesa, mientras las compañeras sacan a bailar a los tíos, para vaciar la botella en el cubo con hielo y forzar la inmediata sustitución.

No es el público de antes, obviamente. Se lo dice a Pepito la encargada del guardarropa, muy sorprendida, gratamente sorprendida, cuando le ve aparecer por la puerta.

—... y no hemos conseguido que dejen las pistolas aquí, a mi cuidado, igual que hacen en las películas del Oeste. Además, como no saben beber, que para todo hay que tener señorío, algunas noches se lían a tiros, en plan de divertirse y pasamos un pánico tremendo. Fíjese, fíjese cómo está agujereado el techo y hasta la embocadura del escenario.

Con estudiada solemnidad, Pepito hace su entrada en el salón. En ese momento, la escultural *miss* Dolly está bailando, medio en cueros, una danza sicalíptica. Al público, sin embargo, no parece divertirle; sisea, hay cierto pateo y voces de ¡la Colás, la Colás! Maruja Colás es ahora la máxima atracción, el número bomba en la nueva programación del cabaret, adaptada por el Comité de Control (al dueño lo han metido preso) a las exigencias de la libertad. Y a los gustos de sus aguerridos defensores.

La Colás sale vestida de monja de la Caridad y mientras la orquestina deja oír una música apache, va desnudándose con sensual morosidad: primero los hábitos, después la tupida camisa y una faja burda. Más tarde, los blancos pantalones con puntillas, que van agarrados a los muslos; pololos, hay que llamarles. Hasta quedarse con unas mínimas bragas y el basto sostén, que se suelta tras muchas contorsiones y gestos insinuantes: la moza tiene picardía. Naturalmente, el público prorrumpe en desenfrenados vítores y más de un exaltado intenta subir al escenario; previsoramente han colocado frente a las candilejas una especie de verja de alambre.

Por último, Maruja se quita las bragas, con verdadera maña, pues las lanza de un puntapié hacia los palcos y casi siempre acierta. Se queda, por tanto, solamente con la almidonada toca sobre la cabeza, una toca de amplias alas, y con las medias, gordas, de lana, sujetas por dos ligas anchas, y se mueve lujuriosamente sobre los finos tacones, lo único en su vestuario que no responde a la realidad del supuesto traje monjil.

La chica morena, la más asidua acompañante de Banquells en el Bataclán, está sentada con un individuo grasiento, de tripa fofa, carrillos mantecosos; la blusa de seda se escapa de los holgados pantalones. Pepito se acerca, sorteando mesas y camareros. Cuando ella le ve, el júbilo le brinca en los ojos y le saluda alegremente, agitando el brazo y después se pone en pie, intentando ir hacia él.

Pero el panzudo la agarra por la cintura y la devuelve bruscamente a la silla.

—¿Adónde ibas? —pregunta, violento.

—Es que acabo de ver a un amigo, un buen amigo, del que no sabía hace tiempo...

Banquells ha llegado frente a la pareja.

—¿Es éste? —interpela el barrigón, poniéndose en pie.

—José Banquells, para servirle... —se presenta.

—¿Qué pasa? ¿Que estáis liados? ¿O es tu chulo?

—No diga tonterías. Eso de explotar a las mujeres ya no se lleva ahora, en plena revolución libertaria.

—Pues tú no pareces muy adicto, con esa pinta de señorito y esa corbatita...

—La llevo porque me da la gana, ¿pasa algo?

Han subido el tono de las voces; los de las mesas vecinas siguen con curiosidad la discusión.

—Oye, a mí no me grites.

—Yo le grito a usted y al presidente de la República.

—¡Pero, bueno...! Esto ya no lo aguanto...

Desplaza su sebosa mole sobre Pepito e intenta

darle un puñetazo, pero marra el golpe. Varias personas se acercan; se interponen entre ambos y reciben algunas bofetadas, como suele ocurrirles a los meticones. A paso de marcha llega el *maître*, acompañado por dos milicianos armados, los vigilantes de turno del local. Los contendientes están inmovilizados; los pacificadores han conseguido, finalmente, sujetarles por los brazos. Lo que no pueden impedir es el feroz cruce de miradas, la del gordo, cargada de ira; la de Banquells, guasona.

—¿Qué pasa? —pregunta el *maître* mientras los milicianos montan diligentemente sus pistolas.

—Buenas noches, Iñaqui —le saluda Pepito—. Nada, una tontería; cambiábamos impresiones aquí, el rechoncho y un servidor.

—Más respeto; el compañero es diputado socialista por Ciudad Real.

El diputado se asombra:

—¡Ah! ¿Pero conoces a este imbécil?

¿Y cómo no iba a conocer al más asiduo, al más espléndido cliente del local? Durante años le ha reservado la mejor mesa, le tenía el Calisay a punto o el champán debidamente *frapé*, atendía con untuoso servilismo todas sus indicaciones, le cubría de lisonjas y agotaba las manifestaciones de gratitud, pues su generosidad con el servicio era infinita.

—Por supuesto que le conozco. Y bien. Es un tipejo despreciable, un enemigo del pueblo, un explotador. Y un chulo: no hay más que verle...

Banquells se revuelve, intenta desasirse de quienes le tienen agarrado; no lo consigue. Tan sólo puede lanzar un escupitajo rabioso a la cara del denunciante, al tiempo que le grita:

—¡Hijo de puta!

—¡Lleváoslo...! —ordena el diputado a los milicianos de guardia.

Que toman el relevo de quienes le tenían inmovilizado y tiran de él con fuerza.

—Un momento —dice el obeso—. Ponédmelo aquí delante.

Le da dos bofetones con todas sus fuerzas. La chica morena, caída sobre la mesa, llora histéricamente. Los milicianos empujan a su presa hacia la salida, dominando sus patadas y sus mordiscos. Todo el público, puesto en pie, prorrumpe en un enorme abucheo y grita, a coro:

—¡Fascista, fascista, fascista...!

Ya en la puerta, Pepito, que parece haberse tranquilizado y se deja llevar sin resistencia, aprovecha que los vigilantes han aflojado también su presión para librarse de uno de ellos y llevar la mano libre al bolsillo de la chaqueta, en busca de su pistola Star, la de cachas nacaradas. No le da tiempo a cogerla; un disparo a quemarropa del otro miliciano le revienta el corazón. Caído en el suelo, muerto ya, recibe en su cuerpo retorcido todas las balas que les quedan a los matones. Contemplan los despojos ensangrentados, sacian su último afán de salvajismo dándole varias patadas al cadáver y vuelven al interior del local, frotándose las manos.

—Un faccioso menos.

Frente al Bataclán, tan cargado de recuerdos festivos, escenario de sus coqueteos, confesionario laico donde tantas noches consoló su soledad con las chicas de la casa, que a él no le ocultaban tampoco sus tristezas, queda hecho un guiñapo, rebozado en sangre su antes impoluto traje de dril, revueltos los pelos, muy abiertos los ojos, el frívolo Pepito Banquells. Hasta los labios, contraídos, tensos, para nada recuerdan aquellos que tanto sonreían, siempre con un punto de sarcasmo, con una pizca de escepticismo.

* * *

Enrique leyó la noticia en *Fragua Social*, a la mañana siguiente. Se publicaba en la sección de sucesos:

UN CONOCIDO FASCISTA PROVOCA UN ALTERCADO EN BATACLÁN. *Poco antes de la medianoche de ayer, un individuo, que se encontraba absolutamente borracho, organizó un escándalo en la conocida sala de fiestas Bataclán, agrediendo sin motivo alguno al compañero diputado de Ciudad Real, Herminio Gutiérrez, a quien causó diversas lesiones. Al intervenir la pareja de vigilancia en el local, que anoche correspondía a los milicianos de la UGT, la repelió a tiros, que afortunadamente se perdieron en el aire. Los vigilantes tuvieron que defenderse de la brutal agresión y con un solo disparo acabaron con la vida del agitador. Que resultó ser José Banquells, conocido parásito de la peor calaña, terrateniente acaudalado, de notoria adhesión a los criminales facciosos y sempiterno enemigo del pueblo. En resumen: un indeseable.*

Enrique se sujetó la frente con la mano; una enorme congoja se apoderó de él.

—Lo sabía, lo sabía... —musitó—. La vida ya no le importaba nada...

Tras unos minutos silenciosos, pensativo, anduvo hasta la habitación y abrió el primer cajón de la cómoda. Allí, torpemente oculto entre unas ropas, había guardado el sobre que, apenas diez horas antes, le había entregado Pepito. Contempló con estupor las fotografías fúnebres; una cuartilla autógrafa las acompañaba. Era el anunciado encargo póstumo.

Sin salir de su doloroso asombro, leyó:

Querido Enrique: Me temo que tardará muy poco en abrir este sobre. No le extrañe su contenido; más que morir asesinado, lo cual siempre me pareció inevitable, me horrorizaba, y se lo dije, que pudieran quedar unas fotos de mi cadáver como las que, con espanto, estuve viendo en el juzgado de guardia. He querido, pues, que las personas, pocas, pero muy queridas, que siempre gozaron de mi afecto, tengan un último recuerdo mío, acorde con el que les dejé en vida. Le ruego que distri-

100

buya estas fotos entre mis amigos, que usted conoce bien, si es que sobreviven. Otra deberá entregarla a la portera de mi casa, tan fiel en todo momento; se llama Sagrario. Y lo más importante: pase por el juzgado donde figura el álbum de los horrores y procure que incorporen junto a mi nombre, si es que está, la única fotografía de un asesinato que podrá mirarse sin torcer el gesto. Nada más, querido Enrique; disculpe las que, ahora sí, serán las últimas molestias que le cause. A su querida Antonia, a sus hijos, todo mi cariño. Para usted, el más fuerte y agradecido de los abrazos.

PEPITO

* * *

Nuestro padre pasó unos días tan absolutamente postrado que incluso llegó a preocuparnos por si su abatimiento le afectaba al corazón. Todavía se puso peor cuando supo que también su abogado de siempre, el elegante don Amalio Murgadas, había sido asesinado. La noticia nos la comunicó su pasante, un muchacho joven recién licenciado, Roberto Martín.

—¿Y por qué, por qué...? —repetía papá una y otra vez.

—Dijeron que por ser tan religioso; bueno, ellos lo llaman beato o, más aún, carca y cavernícola. Pero yo creo que debió de ser una venganza.

—¿Y cómo está doña Fina?

—Ya pueden suponerlo; no quiere ver a nadie, se niega a alimentarse... Terminará mal, si no reacciona.

—¡Pero, Dios mío, qué hicimos para merecer esto...!

Se puso pálido, blanco como la cera; incluso perdió el conocimiento durante unos segundos. Mi madre me ordenó:

—¡Llama al doctor Izquierdo y ruégale que venga en seguida!

—¿Qué número tiene?

—¿Pero es que no lo saben? —terció Roberto—. Al doctor le dieron el paseo; perdonen, quiero decir que le mataron, hace ya varios días; muy al principio de todo...

—¿También a él...?

—Precisamente fue como consecuencia de un pleito que le había defendido don Amalio. Un trabajador despedido, que quiso desquitarse...

Mientras nuestra madre iba en busca de la botella de coñac, por si papá se reanimaba con un trago, reparé en las manos del pasante. Sus palmas estaban enrojecidas, cruzadas por arañazos, despellejadas.

—¿Has tenido algún accidente? —me permití preguntarle, señalándolas. Él se las miró un momento.

—No, no es eso. —Dudó unos segundos, para explicarse después—: Me lo he hecho yo mismo, frotándome muy fuerte con piedra pómez. Es que una de las cosas en que más se fijan los milicianos, cuando detienen a alguien, son las manos. Para su mentalidad, unas manos finas, tersas, sin arrugas ni callos en las palmas, delatan a los enemigos del pueblo...

—¿Será posible?

—A un compañero del bufete, Ángel Morcillo, le tuvieron tres días detenido, nada más que por eso. Y gracias que, al final, le soltaron. Son tan ignorantes, que consideran que sólo es trabajador el manual o el labriego; es decir, los que tienen callos y rugosidades en las palmas de las manos.

—Según eso, los científicos, los escritores, los que ejercen una profesión liberal...

—Unos inútiles, unos vagos a los que hay que exterminar. —Sonrió con amargura—. La verdad es que, de momento, se me nota mucho la trampa; pero dentro de unos días, cuando las heridas cicatricen, espero que mis manos parezcan proletarias.

En cuanto se marchó el joven, localizamos a un médico que en cierta ocasión había atendido al abuelo; diagnosticó que todo lo que tenía mi padre era psíquico, un shock emocional. Le recetó unos sedantes, mucha tranquilidad (ya sé, ya sé que eso ahora no resulta fácil de conseguir, reconoció) y nos recomendó que no saliese de casa en varios días. Le pedimos un certificado; yo mismo bajé a la tienda y se lo entregué a Paco, para justificar las ausencias. La verdad es que el viejo dependiente estuvo muy amable y no puso ninguna pega; es más, incluso me dijo:

—Dile a tu padre que no se preocupe; que la salud es lo más importante. Que se cuide y cuando se encuentre bien, ya volverá al trabajo. Además, tampoco hay mucho...

* * *

Por fin pudimos salir a la calle, después de quince días de encierro, dieciséis, para ser más exacto. El lunes 2 de agosto, nuestra madre decidió que Enrique y yo fuésemos, eso sí, acompañados por el abuelo, a hacer unas compras en el ultramarinos; no quería dejar a papá, que continuaba muy alicaído. Resultó todo un número dar con la vestimenta adecuada para el abuelo.

Pues siempre llevaba cuello duro postizo, por lo que al quitárselo, ya que, por supuesto, se le suprimía su habitual corbata negra, quedaba la tira de la camisa de tal forma que, como dijo mi hermano, parecía un cura americano. Hubo que desabrochársela; el conjunto era absolutamente hortera. Aunque, en definitiva, de eso se trataba. Por si algo faltase, se empeñó en llevar sombrero y necesitamos utilizar toda nuestra fuerza de convicción para que desistiera de ello.

En el escaparate de los ultramarinos Marcial Cebrián figuraba el acostumbrado cartelito advirtiendo que el comercio había sido incautado por el personal; pero que su antiguo propietario estuviese detrás del mostrador no nos llamó la atención, ya que siempre, incluso en tiempos pacíficos, lo había hecho. Llevaba un guardapolvo gris, también según su costumbre y nos miró con curiosidad, desde sus lentes de miope agudo.

Bajando la voz, preguntó al abuelo:

—¿Ninguna novedad desagradable...?

Enrique se adelantó a contestar, al advertir por dónde iba el interés de don Marcial.

—No, no; todos estamos bien en casa. Bueno, papá algo pachucho, pero es cosa de los nervios...

—Claro, claro... —Siempre en un susurro, se exculpó—: Esta vez no puedo regalaros caramelos, como hacía siempre. Ya no mando aquí.

Mientras nos envolvía en papel de estraza los macarrones y el bacalao, una miliciana comenzó a discutir a gritos con la cajera. Era de la FAI, o sea, las llamadas libertarias; con su mono azul, su gorro rojinegro y el mosquetón al hombro. Quizás hubiese resultado lucida, hasta guapa, de no llevar aquellas greñas enmarañadas y tanta suciedad encima.

Don Marcial levantó la vista hacia donde estaba organizado el tumulto; un dependiente a quien conocíamos de toda la vida, Rafael, se acercó a la caja. Y es que era el *responsable*, quien mandaba en el comité de control, el delegado del sindicato, es decir.

—¿Qué pasa?

—Que aquí, la miliciana, quiere pagar con un vale de la FAI las treinta pesetas de su compra.

—En este establecimiento no se admiten vales, compañera —comunicó muy enérgico el responsable—. O pagas con dinero contante y sonante o el paquete se queda aquí.

—¡Pero el vale es como si fuera dinero...!

—Mira, guapa; eso se lo cuentas a los comerciantes burgueses, si es que queda alguno. A nosotros, que somos tan revolucionarios como tú, por no decir más, no nos vengas con camelos.

—¡Estás ofendiendo a los anarquistas!

—Estoy diciendo la verdad y tú lo sabes; porque

resulta que ahora los trabajadores somos los dueños de esto, ¿te enteras?, y de esto tenemos que vivir. Así que el valecito te lo metes en el culo... O monedas del banco de España o nada.

Le agarró con violencia el paquete que tenía en la mano; la miliciana dudó unos instantes, hasta que hizo un gesto de desprecio y se marchó, murmurando entre dientes:

—¡Ésta es la solidaridad revolucionaria! ¡Esto es el UHP!

Quiso el abuelo acercarse al café Royalti, que quedaba cerca y donde él solía tener una tertulia, en los buenos tiempos. Nada más entrar, le saludó desde uno de los veladores de mármol otro sesentón, moviendo mucho los brazos para que reparara en él.

—¡Don Luis, qué alegría!

—¡Sí que es casualidad, don Emilio!

—Siéntese, siéntese y así podremos charlar un rato, mientras me acompaña con otro cafetito. Porque supongo que tendrá mucho que contarme...

—Lo que pasa es que, como verá, voy con mis nietos... —se excusó el abuelo, aunque se le notaron las ganas de aceptar la invitación.

—Pues que se marchen a dar una vuelta, que los jóvenes son muy dados al paseo. Y dentro de media horita pueden venir a recogerle.

Vimos el cielo abierto; adivinando lo que el abuelo estaba pensando, Enrique le prometió a media voz:

—No se preocupe, que no diremos nada a mamá. Y tranquilo, que no nos alejaremos.

Dejamos, pues, al abuelo con su amiguete; en un insólito arranque de generosidad, nos regaló un real a cada uno. Enrique se apresuró a decirme que iba a llamar a Isabel, por si podía verla. Yo, sin rumbo determinado, anduve por la calle de las Barcas y por la de las Comedias, hacia la de la Paz. Allí vivía Labernia, recordé. Y bien que se advertía: en un balcón de su piso colgaba una gran bandera italiana, a la que previsoramente le habían suprimido los líctores fascistas del escudo. Y un enorme letrero, que nunca hasta entonces estuvo en la fachada, junto al portal, proclamaba: CONSULADO DE ITALIA.

Iba a continuar caminando, cuando vi llegar a Miguel. Llevaba un brazalete, también con la bandera tricolor italiana y demostró una especial euforia ante aquel inesperado encuentro.

—Sube a casa y charlaremos más tranquilos —propuso.

El piso era amplio, confortable. Por supuesto, en la puerta de entrada había una placa que anunciaba el domicilio de la representación consular. Pasamos a un salón medio en penumbra, porque las persianas de las ventanas estaban bajadas casi por completo.

—Es más prudente que no nos vean desde la calle, ¿comprendes? —justificó mi amigo.

—Oye, ¿y ese brazalete y esa bandera que he visto?

—Verás, los cónsules de los países extranjeros se han acogido a la ficción de la extraterritorialidad. Una norma de Derecho Internacional, según la cual, esto sería suelo italiano. —Vaciló—. Bueno, la ley sólo es aplicable a las embajadas y a las legaciones; pero de momento, está funcionando. Los milicianos respetan los consulados.

—¿Hasta el italiano? —me extrañé.

—Esto es lo malo. Porque claro, Mussolini ayuda a los militares desde el principio de la sublevación. —Con un punto de orgullo, añadió—: Ya sabrás que les vendió unos aviones Savoia, hace cosa de una semana...

—Pues, entonces...

—Mi padre está a punto de conseguir del embajador los pasaportes para que podamos salir de España. Pensamos ir a Milán, donde tenemos parientes... Ahora que caigo; ¿quieres tomar algo? ¿Un Campari, una gaseosa?

—No, no, gracias. ¿Sabes algo de los compañeros de la academia?

—Sólo de Pedro Járcenas. Ayer, precisamente, me lo encontré por la calle; como a ti.

—Estará glorioso: esto es lo que él quería.

—Todo lo contrario. Le noté triste, de mal humor. Me parece que sus teorías marxistas no coincidían con la realidad de esta revolución... Por cierto, ¿tu padre, bien...?

—Regular nada más. Pero vivo.

—Que ya es bastante. ¿Te enteraste de que fusilaron a don Fidel, el profe de matemáticas? Y a don Elías, y a don Jesús... El director pudo librarse; se había marchado a Madrid el mismo día 18.

—Es espantoso, ¿verdad...?

—Lo que hace falta es que se acabe pronto; dice mi padre que si los legionarios de África y los Regulares consiguen llegar a la Península, el gobierno se rendirá.

—Ojalá. Porque, chico, ya tengo ganas de volver a ir al cine los jueves y de bañarme en la playa y de seguir a Berrendero en la vuelta a Francia...

* * *

Isabel vivía en la calle Flor de Mayo, entre el mercado y el que fuera colegio de los Escolapios. Una casa vieja de tres pisos, con grietas en las paredes y persianas verdes en los balcones y un portal estrecho, oscuro, del que partían los peldaños de la empinada escalera, gastados por los años. En la planta baja, la droguería tenía la fachada recubierta de madera, pintada en verde, un verde también desteñido por el tiempo. La calle, la calleja, mejor, era estrecha, con las aceras destripadas y la calzada, de adoquines desiguales.

Enrique esperó varios minutos; ya le había advertido Isa que tardaría un poco en bajar: estaba aseando a un hermano pequeño. También, esto se lo calló, tenía ella que componerse, cambiar de traje, poner en orden el cabello, perfumarse, más o menos, con una colonia a granel que guardaba para las grandes ocasiones.

La encontró más hermosa que nunca; y se lo dijo.

—Tú estás algo más grueso... —fue la desconsoladora respuesta.

—Claro, tantos días sin moverme de casa...

—Pero, guapísimo...

Se agarraron de las manos y, balanceándolas, quedaron unos segundos mirándose como pasmarotes.

—¿Damos una vuelta?

En la esquina, una mujer muy flaca tenía montado un tenderete: altramuces, cacahuetes, regaliz de palo, anises, chicles, caramelos.

—¿Quieres algo?

—Caramelos. Pero tienen que ser cuatro; uno para mí y los otros para mis hermanitos.

—¿Y yo, qué...?

—Tienes razón, ¡qué tonta soy...! —se ruborizó la chica.

Le cuestan justo veinticinco céntimos; a perra chica cada uno. Menos mal, porque ha pasado un momento de angustia, pensando que no le llegaría el dinero.

—Estaba muy preocupada por ti —dice Isabel—. Como oía decir a mi padre que el tuyo era un burgués...

—¿Eso dice?

—Pero siempre aclara que no es de los malos; que tiene sentido social. ¿Qué significa eso?

—Debe querer decir que trabaja. Y mucho.

—Entonces, ¿por qué le llama burgués...?

—¡Qué sé yo! Mira, no entiendo nada, no sé por qué están matando a tanta gente, no sé por qué tu padre y el mío no pueden ser amigos...

—Yo tampoco lo entiendo...

Caminan unos pasos en silencio.

—Enrique...

—¿Qué?

—¿Tú me seguirás queriendo, aunque mi padre sea anarquista?

—¿A ti te importa que el mío sea burgués?

Se aprietan muy fuerte las manos enlazadas. Se miran a los ojos, ahora con dulzura. Y se dan uno de aquellos besos, simple esbozo, puro ensayo, superficial contacto de labios. Pero tan estremecedores, tan inolvidables.

El primer amor, ya se sabe.

* * *

Volvíamos a casa; Enrique, feliz, eufórico; yo, barruntando aquello de la extraterritorialidad, que no había acabado de entender. El abuelo me lo explicó:

—Es un acuerdo entre las naciones, como consecuencia del cual, las representaciones diplomáticas de cada país se consideran territorio propio. O sea que en la embajada de Francia, por ejemplo, se aplican las leyes francesas y, aunque esté en Madrid o donde sea, aquello es como si fuera París.

—Ya, ya... ¿Qué tal con su amigo? —le pregunté por decir algo.

—Mal. Es un buen republicano y le pasa lo que a mí: piensa que estos bárbaros van a conseguir que la República se vaya al traste.

Otro republicano ilustre venía por la acera, en sentido contrario al nuestro: Balanzá, el del bar. Vestía su habitual chaquetilla blanca, de camarero, aunque sin los gemelos de oro en el cuello. Saludó al abuelo.

—Encantado de verle, don Luis. ¿Y su yerno?

—Bastante bien; en casa.

—Lo celebro; porque ahora da miedo preguntar por los amigos. Ya ve el bueno de Banquells, tan liberal, tan generoso, que nunca se metía con nadie... Y tantos y tantos más; créame que hasta he perdido la cuenta de los muertos...

Sin que nadie se lo pidiese, nos contó su vida:

—Mi bar no lo requisaron; mejor hubiese sido, porque ahora es una ruina. Vienen los milicianos, se hartan de comer y de beber y ya se sabe, a pagar con un vale. Los camareros, en general, me han respondido bien; pero ese Anselmo, el limpiabotas cojo... Un canalla; por sus denuncias han matado a varios clientes. Lo que yo digo y usted, que es también republicano de siempre, me dará la razón: ¿qué tiene que ver esta chusma con lo que soñábamos, con lo que nos prometieron en el año 31?

—Nada, absolutamente nada —contestó el abuelo con cierto aburrimiento.

—Estoy haciendo gestiones... esto se lo digo en plan absolutamente confidencial, aunque puede contárselo a su yerno, porque le interesará, estoy haciendo gestiones para que me den un pasaporte y marcharme al extranjero, hasta que las cosas se arreglen. Un buen amigo de Unión Republicana va a poder llegar hasta don Diego. Aunque no me conoce personalmente, sabe de sobra quién soy... Confío que me responda...

Don Diego era Martínez Barrio.

—Si todo sale bien, antes de que termine el mes espero haberme alejado de esta pesadilla.

Otro que se marchaba. O que intentaba marcharse. Se iban todos; todos los que podían, que no eran muchos.

* * *

—Te llama don Pedro Serra...

—Lo que me faltaba. El pobre es un cenizo.

Y, sin embargo, le telefoneaba para invitarle a los toros.

—Es que me han obligado a comprar seis entradas para un festival taurino a beneficio de las Milicias Populares Antifascistas, que se celebrará mañana. Tendría mucho gusto en que me acompañara.

—Gracias, pero todavía no estoy dado de alta. Además, le seré sincero, tampoco me apetece...

—Ni a mí. Pero me han advertido que no basta con comprar los billetes; que si las localidades están vacías, lo considerarán una muestra de insolidaridad. En vista de lo cual, claro, mi mujer y yo vamos a ir. Pero todavía me sobran cuatro.

—Puedo decírselo a mis hijos...

—¡Estupendo! Las otras dos ya veré a quién se las coloco...

Fuimos con una mezcla de interés y curiosidad. Más Enrique que yo, porque él era aficionado. Y el cartel tenía calidad, con los cuatro toreros de la tierra: Vicente Barrera, Manolo Martínez, Enrique Torres y Rafael Ponce *Rafaelillo*. Además, un miliciano socialista y otro de la CNT, que, según dijeron, sabían mucho de toros y eran buenos lidiadores. Aunque después no lo demostraron y, a pesar de su militancia y su fervor revolucionario, se ganaron sonoras broncas.

El paseíllo lo hicieron los seis espadas, vestidos de corto, con el puño en alto desde que salieron por la puerta de cuadrillas hasta que saludaron al presidente, que era un jefe de milicias, de gran uniforme y con armas, al que rodeaban varias muchachas, que se habían colocado sobre los monos azules los típicos mantones. El contraste resultaba divertido.

La plaza estaba casi llena; como dicen los gacetilleros, unos tres cuartos. La gran mayoría del público lo componían milicianos, con sus compañeras. Vocingleros, ruidosos, entusiastas y, al decir de mi hermano, escasamente entendidos. Saltó el primer novillo a la arena; le habían pintado en los costados, en letras blancas, las siglas UGT. Grandes aplausos en un sector de los tendidos donde estaban los de este sindicato, naturalmente. El segundo llevaba escrito UHP, Unión de Hermanos Proletarios; por lo que, esta vez, la ovación fue unánime.

Se notó en seguida que los espectadores estaban más por Martínez y por Torres que por Barrera y *Ra-*

faelillo, que siempre habían tenido fama de ser de derechas. Pero éstos lo hicieron tan requetebién, que al final de sus faenas, hasta Marianet, el ordinario de Alcira, que con su blusa y su tagarnina (aunque con gorra, en lugar del histórico sombrero) ocupaba una localidad de sombra, se puso en pie para aplaudirles y pidió las orejas. A fin de cuentas, la fiesta es la fiesta y él se consideraba, por encima de todo, un aficionado.

Además, ambos diestros estaban demostrando últimamente una total identificación con la causa del pueblo; de tal modo, que llevaban toreando gratis muchos festivales, en favor de las milicias. Con tanto entusiasmo, que *Rafaelillo* sufrió en uno de ellos una cogida de pronóstico reservado, de la que, por fortuna, ya se había recuperado. Así que se ganaron la confianza de los sindicatos y de los partidos y no se les puso inconveniente alguno cuando solicitaron pasaporte para trasladarse a Nimes, donde tenían contratada una corrida. Jamás volvieron; desde Francia, se pasaron a la que ya empezaba a llamarse zona nacional. Es decir, la facciosa.

Todos habían brindado su novillo a la representación de la Columna de Hierro, que ocupaba uno de los palcos y que recibió delirantes muestras de entusiasmo del público. No en vano era una de las más brillantes unidades del ejército popular, que se disponía a salir hacia el frente de Teruel, para conquistar la ciudad aragonesa. Nadie dudaba de su espíritu revolucionario, de su capacidad y, especialmente, de su valor, de su heroísmo.

La composición de la Columna justificaba con creces semejantes esperanzas. En los primeros días de la revolución, habían sido puestos en libertad todos los presos comunes que cumplían condena en San Miguel de los Reyes, el monasterio fundado en el siglo XVI por la reina Germana de Foix, convertido en penal en los últimos años. Salieron, pues, a la calle, criminales convictos, estafadores, ladrones de alta escuela, violadores y toda clase de selectos delincuentes.

Antes que nada, procuraron ajustar las cuentas a los jueces que les habían condenado, a los fiscales y a los abogados que les acusaron. Cumplida sólo en parte tan lógica satisfacción, porque en algunos casos, otros compañeros ya se les habían adelantado o los infames enemigos del pueblo habían tenido tiempo de poner tierra por medio, los ex presidiarios comprendieron, sin dudarlo un instante, que su deber consistía en aportar su entusiasmo y su experiencia, tan contrastados en su vida anterior, al servicio de la revolución del proletariado.

Así nació la Columna de Hierro, a la que se dotó del mejor armamento disponible; no tanto de uniformidad, pues sus valerosos miembros estaban hartos de vestir todos iguales en el penal y prefirieron diversificar las ropas. Requisaron los flamantes autobuses SOGEA (Sociedad General de Autobuses), que semanas antes del alzamiento habían entrado en servicio en la ciudad, unos Mercedes azules con todas las comodidades posibles y en ellos partieron rumbo a Teruel, eufóricos, exultantes, dispuestos a tomar la ciudad en un suspiro. Por si algo faltara, el mando les había informado que apenas estaba defendida; unas cuantas parejas de la Guardia Civil, un puñado de soldados y dos docenas de voluntarios constituían toda su guarnición.

Pero por la carretera de Teruel, a cosa de cincuenta kilómetros de la ciudad, se atraviesa Puebla de Valverde: hermosa villa, llena de viejas mansiones, con una iglesia de airoso campanario y empinadas calles. Además, en Puebla de Valverde se encuentra el almacén secadero de jamones de Casa Barrachina, el famoso establecimiento de la plaza de Castelar. Y también bodegas importantes, donde envejecen los recios vinos de Aragón.

Cuando los bravos milicianos de la Columna de Hierro descubrieron semejantes golosinas, no lo dudaron un momento: asaltaron el secadero, invadieron las bodegas y durante dos días, olvidado su ideal revolucionario, aparcaron el frenesí bélico, y se entregaron fervientemente a la glotonería, a la gula, a la voracidad y a la melopea y a la embriaguez. Más que merecido se lo tenían después de tantos años padeciendo los miserables ranchos del penal.

Ahítos, en plena forma física después de los hartazgos, marcharon por fin sobre Teruel. Pero ocurrió que, en el mientras tanto, los defensores se habían fortalecido, con el refuerzo de contingentes de tropas llegadas de Zaragoza, con artillería ligera, que rechazaron con tal energía el desordenado ataque de los bien alimentados milicianos, que éstos decidieron regresar a su ciudad, dejando cuantiosas bajas en el campo.

La ciudad les recibió compungida y la Columna de Hierro perdió todo su prestigio, integrándose algunos de sus esforzados combatientes en otras unidades milicianas. Sólo algunos; la mayoría comprendieron que, como dicen los italianos, la guerra es bella, pero incómoda y optaron por dedicarse a menesteres menos arriesgados. Aunque siempre al servicio de la causa revolucionaria, por supuesto.

3

Atruena la razón en marcha

(De *La Internacional*)

Los republicanos moderados, las personas de izquierdas con sentido común, coincidían en su extrañeza, no lograban despejar la incertidumbre que les agobiaba, hasta hacerles vacilar en sus ideales:

—¿Por qué no actúa el gobierno? ¿Y Azaña? ¿Por qué no impone su autoridad?

Manuel Azaña Díaz, segundo presidente de la Segunda República española: abogado, intelectual, ateneísta, escritor sin lectores, le achacan sus enemigos. Una cultura sólida, una mente fría, cartesiana, analítica. Agnóstico, desdeñoso, su escepticismo acabará encerrándole en sí mismo, en una amarga egolatría, que le hará despreciar todo y a casi todos en sus últimos tiempos.

Quizá sea un político más adecuado para países templados, para ciudadanos verdaderamente liberales en su talante. Su oratoria es directa, lúcida, impactante. Fue la gran esperanza de los republicanos; acabó siendo su gran decepción. Su cabeza parece un enorme garbanzo; en los mofletes, la prominencia de unas verrugas que hacen las delicias de los caricaturistas. Dicen que con su distanciamiento, con su frecuente actitud de indiferencia, pretende disimular un irreprimible miedo físico.

Nunca creyó que la sublevación militar saliera adelante; Casares, el gallego con aspecto de ofidio, de palidez tísica, le convenció de que el gobierno controlaba absolutamente todos los resortes del poder. Desde que comenzó el alzamiento y fue tomando cuerpo, hasta hacerse guerra civil, Azaña está descompuesto, se sabe desplazado, varios ministros le rechazan y él les devuelve un infinito desdén. Ostenta administrativamente la máxima autoridad de la nación; pero es consciente de que nadie cuenta con él a la hora de las decisiones importantes.

Como la de armar a las masas incontroladas. Don Manuel siente el rechazo de todo elitista frente al populacho; lo ha magnetizado con su palabra brillante, lo ha seducido en los mítines en campo abierto, ha ganado sus votos. Pero jamás pensó que acabaría adueñándose de la calle, imponiendo en ella su brutalidad, para liquidar al margen de cualquier norma legal sus viejos resentimientos, sus atávicos rencores.

Azaña reside en la Quinta del Pardo; su núcleo de amistades es corto. Le ha visitado don Claudio Sánchez Albornoz, uno de los pocos políticos con los que conecta, con los que se siente a gusto; es, también, un intelectual.

—Presidente —le dice don Claudio—, vengo a rogarle que me destine a una embajada. Creo que desde allí podré servir mejor a la República.

—Siempre la ha servido con lealtad, don Claudio. Y ahora está espantado, como yo, por las cosas que ocurren. Quiere alejarse de este manicomio en que se ha convertido España. Lo comprendo.

—No puedo engañarle; me siento incómodo aquí.

—Hablaré con el ministro de Estado; aunque no le oculto mis dudas sobre el ascendiente que pueda mantener sobre él...

—Me resulta doloroso hablarle del tema, pero lo considero inevitable. ¿Sabe que ayer asesinaron a don Melquiades Álvarez en el asalto de las turbas a la cárcel Modelo de Madrid?

Claro que lo sabe. Melquiades Álvarez, diputado de la izquierda, había sido su jefe, en los comienzos políticos de Azaña. Ambos mantenían una vieja y leal amistad.

—Lo de la cárcel Modelo ha sido increíble. Por lo

visto pretextaron un incendio, para disparar a voleo contra los presos políticos. A otros los mataron mientras iban saliendo. También han caído el general Capaz, que ganó para España el enclave africano de Ifni, y Ruiz de Alda, el del *Plus Ultra*, y el diputado republicano Martínez de Velasco y Fernando Primo de Rivera y qué sé yo cuántos más...

Azaña resume con voz amarga:

—Como ha dicho Prieto, creo que ayer hemos perdido la guerra...

Acompaña a su huésped hasta la puerta del palacete. Los soldados del batallón presidencial que hacen guardia presentan armas. Don Manuel toma por el brazo a Sánchez Albornoz.

—¿Sabe qué le digo, don Claudio? Si finalmente ganáramos la guerra, lo que me parece difícil, usted y yo seríamos los primeros en exiliarnos.

* * *

Mi padre se sorprendió cuando Amparo le dijo:

—Señor, está ahí un muchacho vestido de militar, que quiere hablar con usted. Dice que es el novio de Luisa, la chica que servía con nosotros...

Era alto, magro, con el pelo rojizo. Vestía camisa y pantalones caquis, pistola al cinto y se destocó al entrar en el salón; en la abollada gorra de plato, la estrella roja de cinco puntas.

—Usted dirá... —preguntó mi padre, que le había recibido de pie y así seguía.

—Ya le habrán dicho quién soy... —Ante el gesto de asentimiento, continuó—: Me llamo Leandro Fernández, trabajo, más bien dicho, trabajaba como fontanero y también sabrá que tengo relaciones con Luisa, la chica que estaba con ustedes. Relaciones formales, quede esto claro.

—Me consta...

—Luisa me hablaba mucho de ustedes; de lo bien que siempre se portaron con ella, de sus atenciones.

Les aprecia; sobre todo, a su señora. ¿Doña Antonia, no es así?

—Efectivamente. —Reparó en la incómoda posición que mantenían—. Pero siéntese, por favor. Y dígame lo que desea.

—Verá... —vaciló—. Ayer pude interceptar una denuncia presentada contra usted. Pero no me cabe duda de que la repetirán, ante otro partido o ante otro sindicato. Además, el lunes salimos hacia el frente; antes de marchar, he querido avisarle para que esté prevenido.

—Se lo agradezco de corazón, Leandro. Y más, viniendo de usted.

—¿Por qué lo dice? —Se miró la estrella roja—. Sí, soy comunista; ya sé que, por desgracia, demasiados compañeros están desprestigiando nuestros ideales. Pero créame que también somos muchos los que rechazamos su forma de actuar; aunque, lamentablemente, no podamos evitarla...

Se pusieron los dos en pie.

—No olvidaré su gesto. Que tenga mucha suerte.

—Si le digo la verdad, estoy deseando llegar al frente. Allí, al menos, se combate cara a cara.

Estaban en el recibimiento.

—No puedo asegurarlo; por tanto, quizá me confunda. Pero no me extrañaría que la denuncia viniese del portero. Mi novia me contó que les tenía mucha manía...

El portero, Bernardo. Un abúlico, un irresoluto, un quídam sin voluntad propia, pelele manejado a su antojo por su mujer, Eulalia, ante la que se acoquina con sólo una mirada de sus ojos fieros. Porque eso es ella: una fiera, almacén de odios, cargamento de envidias, depósito de antipatías viscerales. Huesuda, alta, el rostro anguloso, el cuello, largo; las piernas como alambres. Y unos ojos muy negros, muy duros, muy crueles. El pelo, siempre recogido en moño. La voz, rota de tanto blasfemar.

Hasta que el Frente Popular ganó las elecciones,

los cinco vecinos de la casa, uno por planta, sólo podían opinar de ella que no era simpática. No les hablaba más que lo imprescindible, se la veía huraña, esquiva, encerrada en la portería, leyendo siempre, eso sí, la prensa comunista. Sin embargo, cumplía perfectamente sus funciones, tenía la escalera limpia, vaciaba las basuras. Para atender a los visitantes ya estaba su marido, bobalicón pero correcto.

Tenía dos hijas; la pequeña, de siete años, había hecho la comunión el año anterior. Doña Antonia se ocupó de todo, de llevarla a la parroquia y de comprarle el traje y de regalarle el pequeño misal y unos dulces y de darle cien pesetas, en recuerdo de la memorable fecha. Eulalia no fue al acto eucarístico, porque era atea declarada, pero autorizó a su marido para que acompañase a la niña. Doña Antonia no intentó presionarla, atendiendo el consejo de su director espiritual.

—Debemos respetar las convicciones de los incrédulos —le recomendó—. Y que Dios les perdone.

La hija mayor se llamaba Trini y tenía quince años. Físicamente, era tan desgarbada y fea como la madre; pero su descaro, su procaz coquetería, su desvergüenza, inauditas a su edad, le habían ganado el interesado apego de todos los muchachos del barrio. Comenzando por Julito, el del cuarto piso, que se daba diarios magreos con la chica, al atardecer, cuando el rellano de la escalera quedaba en sombras.

A Eulalia no le importaban las precoces obsesiones sexuales de su hija; antes al contrario, las fomentaba como prueba de sus convicciones marxistas. Peor hubiera sido, pensaba, de salirle beaturrona, comehostias, servil a los curas, carne de confesionario. Y así, la Trini se pasaba los días desfogando sus ardores, aplacando con el uso la temperatura de su insaciable vagina, de cuerpo en cuerpo, daba lo mismo que fuese el de un señorito que el de un menestral. El idiota de su padre sólo sabía decirle:

—Pero que no te preñen...

Por supuesto, la preñaron. Se enteró a mediados de agosto, sin que pudiera precisar el posible responsable: eran muchos los presuntos, de manera que bien podía hablarse de una paternidad solidaria, participada. A Eulalia no le afectó nada la noticia. Antes al contrario, presumía del embarazo de la Trini y, ante la imposibilidad de concretar el padre, proclamaba a los cuatro vientos que iba a tener un hijo del pueblo. Ya que, como fiel seguidora de La Pasionaria, que acababa de poner en circulación una de sus más celebradas consignas, *hijos, sí; maridos, no*, nunca pensó desembarazarse de la criatura en ciernes.

En aquellos días, Eulalia se había entregado con entusiasmo a una afición macabra: iba por las mañanas hasta las tapias del cementerio, para refocilarse allí con la siniestra contemplación de los asesinados horas antes. No era la única en disfrutar con el lúgubre espectáculo; bastantes mujerucas más tomaron como entretenimiento la diaria visita a los cadáveres, algunos aún calientes. De regreso, en el tranvía y después, en el corro de amistades, contaban entre carcajadas los detalles más crueles:

—Había uno, debía de ser cura, con las manitas juntas, como si rezara...

—Pues el gordo aquel, vestido de azul, creo que era un almacenista de huevos; por eso se los habían cortado...

—¿Y aquella tía, a la que desnudaron y le señalaron la barriga, a navajazos, con las letras de la FAI? Daba mucha risa...

Las arpías, Eulalia una de ellas, consiguieron de un compañero comunista influyente que una mañana las llevara en la camioneta, con las víctimas en capilla, hasta la playa del Saler, donde tenían lugar la mayor parte de las ejecuciones. Debajo de los pinos, cuyo verde parecía empalidecido por el terror, junto a las dunas onduladas, con el mar al fondo, los milicianos alineaban a sus presos y, antes de dispararles, les abrumaban con insultos y blasfemias.

Pocos flaqueaban. La mayoría mostraban una admirable entereza ante el pelotón de asesinos: se apretaban unos con otros, para transmitirse valor. Rezaban en alta voz, daban vivas a España y a Cristo Rey, incluso perdonaban a los facinerosos. Con lo que éstos llegaban al máximo de su enajenación, de su furor homicida y disparaban con ensañamiento, atropelladamente, con infinita brutalidad. El miliciano que mandaba el pelotón se acercaba después a los caídos para darles el tiro de gracia. A veces, más de uno; hasta destrozar por completo el cráneo, haciendo saltar literalmente la tapa de los sesos.

La mañana en que Eulalia participó en la orgía sangrienta, estaba entre los fusilados don Vicente, el buen cura, director espiritual de doña Antonia. Le habían detenido en el tren, a poco de salir de la ciudad; tras dos semanas preso en Santa Úrsula, también le llegó la hora de presentarse ante el Señor. La portera le reconoció y participó con júbilo a otra de las tiorras:

—Pues le voy a dar la noticia a la mujer de Calatayud, para que se joda. Y para que vea que es verdad, le llevaré un recuerdito...

Y le arrancó el escapulario que, a despecho del riesgo que eso suponía, nunca don Vicente se había quitado del cuello.

* * *

A Jaime, sus milicianos le tenían un respeto. Sabían que era un señorito; a lo mejor, por eso. Un señorito entregado a la causa de la revolución suponía un éxito del proletariado. Además, era leído y sabía de muchas cosas y contaba chascarrillos graciosos y, aunque fumaba cigarros americanos, actuaba como un compañero más, llano y simpaticote, que a pesar de mandar sobre todo el batallón, nunca tuvo un mal modo con su gente.

Y por si algo faltara, era el compañero de Rogelia Martínez, la líder socialista que impartía lecciones de marxismo en cuarteles y pueblos, con su palabra fácil y convincente. Rogelia recogía todas las noches a su amante en el acuartelamiento y ambos se marchaban a dormir a casa, no iban a holgar entre los milicianos.

Porque corría el rumor entre ellos, una enfermera amiga de Rogelia lo había contado, de que Jaime no dejaba pasar noche sin copular con su hembra, e incluso reiteraba las fornicaciones, pues su capacidad para el coito era inagotable: talmente un semental, repetían con admiración los compañeros. Y las milicianas del batallón, eran pocas, envidiaban a la líder, qué suerte tenía la tía, y eso que le lleva lo menos doce años y que físicamente no vale mucho. Pero tenían buen cuidado en callar sus pensamientos, pues sabían que Rogelia no se andaba con chiquitas y a una compañera que pretendió coquetear con su hombre, le dio tal paliza que tuvo que pasarse tres días en el hospital.

El batallón de Jaime es de los más organizados; llevan dos semanas haciendo la instrucción en el río, que está seco como la mojama y donde han aprendido a manejar las ametralladoras y a disparar al blanco, no como la mayoría de los milicianos, que lo hacen al buen tuntún y no le aciertan ni a un elefante. El batallón no ha participado en las sacas ni en los asesinatos. Hay que luchar por la libertad, les dice Jaime siempre, pero sin caer en la barbarie. Cuando entremos en batalla ya podréis hartaros de matar facciosos; como debe ser, frente a frente.

De todos modos, hay varios entre ellos que, por su cuenta y riesgo, a título particular, saldaron algunas cuentas antes de incorporarse a la disciplina. Y está *Maciste*, un apodo, que llegó a última hora, rebotado del batallón anarquista Leones Rojos. *Maciste* sí que tiene un historial de paseos; él solito se cargó a catorce facciosos, y, para debida constancia de su hazaña, lleva catorce calaveras tatuadas en el pecho. Se las fue grabando a medida que sumaba víctimas.

A tan valeroso luchador por la libertad, le expulsaron los de la FAI por su carácter pejiguero y esto forzosamente habrá que contarlo. *Maciste* no sólo era el más bravo entre los ácratas: tenía unas dotes para la oratoria absolutamente admirables, que encandilaban a sus compañeros de batallón. Dos días por semana les colocaba un discurso, seguido por todos, más que con interés, con devoción, y les instruía sobre los principios libertarios y abominaba del estado y del orden constituido y de las leyes y demás inventos de la sociedad burguesa.

Con especial énfasis proclamaba en sus peroratas la doctrina anarquista del amor libre. Basta ya, gritaba con profunda convicción, de matrimonios para toda la vida, de parejas fijas, de uniones estables. Basta de melindres hipócritas con las mujeres, de falsos prejuicios ante el sexo contrario. Todas deben ser para todos; todos debemos servir a todas. El amor libre es la gran conquista del anarquismo, su gran verdad, porque nos devuelve a los orígenes de la humanidad, cuando ni había gobiernos, ni había códigos, ni había propiedad privada, ni las mujeres eran del dominio exclusivo de un hombre y viceversa.

Los compañeros del batallón Leones Rojos aplaudían a rabiar el programa y se conjuraban para imponer la doctrina ácrata en el país, en cuanto hubiesen terminado con los burgueses, con los retrógrados y con los facciosos en general. Mas ocurrió que Melanio Gutiérrez, un chaval bien parecido, de los más entusiastas, comenzó a echarle los tejos a Fuensanta, la compañera de *Maciste*. Una real hembra, todo pasión, todo fuego, a la que su hombre tenía algo abandonada últimamente en la cosa sexual, porque era ya cincuentón y además la labor política le absorbía muchas horas. Con lo que llegaba al tálamo reventado y sin ganas de retozar.

El coqueteo de Melanio y la Fuensanta todavía no había pasado a mayores, aunque, tal como iban las cosas, no tardaría en cuajar en ayuntamiento pleno. Como el servilismo y la soplonería son característicos del género humano y ni los anarquistas pueden eludirlos, un miliciano cobista le fue a *Maciste* con el cuento de los arrumacos que se gastaban su compañera y el mozo. Y el paladín libertario se dio a una hábil vigilancia, que le permitió sorprender a la pareja en pleno sobo.

—¿Qué coño estáis haciendo? —tronó, iracundo.

—El amor libre, querido —justificó la infiel.

Pero del dicho al hecho hay un buen trecho y una cosa es predicar y otra, dar trigo; de modo que *Maciste* le colocó tres tiros en la barriga al buen mozo y se llevó a la Fuensanta agarrada por los pelos y así acabó con su prestigio de gran teórico del anarquismo. Le expulsaron de la FAI; buscó acomodo entonces en el batallón de Jaime, donde fue debidamente alertado sobre el necesario cambio de mentalidad, que prometió cumplir.

Lo hizo; además, estaba muy feliz, porque la Fuensanta le quería más que nunca y por todas partes iba contando lo macho que era su hombre.

* * *

Estábamos en casa el abuelo y yo, acompañando a mi padre; mamá y Enrique habían salido con Amparo a no sé qué compras. Los milicianos eran de las Juventudes Socialistas, dos muchachos de bastante buen aspecto, para lo que se llevaba, y todavía más insólitos, por sus correctos modales. Incluso nos hablaban de usted.

—¿Enrique Calatayud? Por favor, documentación...

Les enseñó el carnet de Izquierda Republicana que le había conseguido Jaime, con fecha de 1935.

—Hemos recibido una denuncia, según la cual,

aquí se escuchan las radios facciosas. ¿Dónde está el aparato?

De día, el viejo Telefunken volvía a su lugar habitual, en el salón; solamente por las noches se instalaba en el trastero. Además, mi padre le desenchufaba una clavija o algo le hacía, para que no funcionase. Por lo que pudo decir:

—Aquí lo tienen; pero no podrán oírlo, porque está estropeado.

Uno de los jóvenes pulsó el botón del encendido; sólo llegaron ruidos confusos, pitidos agudos.

—Tenemos que dar un vistazo al piso...

Fue rápido, sin hurgar en los cajones ni siquiera mirar debajo de las camas.

—Bien; de todos modos, hemos de detenerle. Ésas son las órdenes que nos han dado.

—Pero ¿por qué?

—Nosotros no sabemos nada; ya se enterará en el cuartelillo.

Bajaron las escaleras uno delante, otro detrás, sin ponerle la mano encima. Sólo al llegar a la portería, le agarraron cada uno de un brazo. Eulalia, que claramente esperaba la llegada, se puso en jarras y empezó a cantar a media voz, pero de modo perfectamente perceptible:

—Adiós, muchachos, compañeros de mi vida...

Apenas salieron del piso, llamé a tío Jaime, primero a casa de Rogelia, donde no estaba; después, al cuartel.

—¿Dices que eran de las Juventudes Socialistas? —me insistió—. Entonces no te preocupes; podré arreglarlo. Tranquiliza a tu madre en cuanto llegue.

A Enrique le llevaron a un cuartelillo habilitado por el PSOE en unas dependencias del gobierno civil. Le tomaron la filiación, le hicieron quitarse el cinturón y los cordones de los zapatos y le encerraron en una habitación, sin mobiliario alguno, donde varias personas tumbadas por el suelo le recibieron con cierta expectación. Dos de ellas se levantaron.

127

—Bien venido, amigo. —Hablaba un hombre de bastante edad, con el pelo cano—. Bueno, ya comprenderá que es un decir...

—Me llamo Enrique Calatayud. Mucho gusto.

Le dieron la mano y también se presentaron.

—Eusebio Escriche, ingeniero naval.

—Fernando Ríos, empleado de banca.

El que había saludado primero, explicó:

—Disculpe a estos compañeros que no se levanten; llevan aquí dos días prácticamente sin comer y están deshechos.

Los aludidos agitaron sin mucho entusiasmo los brazos, a guisa de salutación.

—Yo soy comerciante... —Pensó que también debía identificarse—. El dueño, mejor dicho, el antiguo dueño de El Capricho.

—¡Ah, sí! En la calle de Pi y Magall, ¿no es eso? Claro, le han incautado el negocio.

—Eso es... —titubeó—. Perdonen si es indiscreción, pero a ustedes ¿por qué les han detenido?

Tardaron en responder, hasta que el ingeniero volvió a tomar la palabra:

—En mi caso, no tengo la menor idea. El señor Ríos tampoco lo sabe. Tan sólo aquellos dos jóvenes que están allí, al fondo, junto a la ventana, suponen que por sus ideas falangistas, de las que habían alardeado siempre.

Uno de ellos se levantó.

—Falange Española era un partido legal, ¿no? —justificó con algún acaloramiento—. Así lo dictaminó el Tribunal Supremo. Si los comunistas y los socialistas presumían de serlo, ¿por qué teníamos nosotros que callarnos?

—Ahora les acusan del asalto a Unión Radio —explicó el bancario.

—Tendrán que probarlo. Porque es absolutamente cierto que no participamos. Aunque, honradamente se lo decimos, nos hubiese encantado hacerlo.

Otro de los que seguían sentados en el suelo también se levantó.

—Miguel Ausín; representante de comercio. Creo que tenemos un amigo en común, Anselmo Boils. —¿También le conoce? ¡Gran persona! ¿Sabe algo de él? Aparte de que está detenido en Santa Úrsula...

—Estaba. Hace días le trasladaron a una especie de cárcel particular que ha montado Apellániz.

—Lo ignoraba.

—Le llaman checa.

En efecto, así comenzaron a llamar a aquellas primeras prisiones que podríamos calificar como privadas, pues dependían exclusivamente de un partido, de un sindicato, en ocasiones, tan sólo de un grupo de milicias. Aunque las auténticas checas no tardarían muchas semanas en funcionar; fueron diseñadas por expertos soviéticos, que se encargaron personalmente de instalarlas, basándose en la experiencia de similares cárceles de la GPU.

En estas checas, patrimonio exclusivo del Partido Comunista, se aplicaban a los presos las torturas más refinadas, de conformidad con métodos científicos harto comprobados en la URSS. Había pequeños compartimientos, con el suelo erizado de ladrillos verticales, de modo que el cautivo, descalzo, no podía descansar en ningún momento. En otros, una combinación de luces intensas y dibujos de agresivos colores en las paredes impedían reposar la vista. A algunos desgraciados se les encerraba en un estrecho tubo vertical, para que recibieran sobre el cerebro un continuo goteo de agua fría, hasta que perdían el conocimiento.

Se utilizaban asimismo las descargas eléctricas sobre los testículos de los detenidos. Y, obviamente, las palizas con cadenas de hierro y objetos punzantes. Estas checas funcionaron en Barcelona hasta enero de 1939, sin que lo impidieran ni el gobierno de la Generalidad, ni el del doctor Negrín. Apellániz instaló también varias en la ciudad: en la calle de

Sorní, en la plaza de Tetuán, aprovechando palacetes requisados a sus dueños.

Pero hasta llegar a semejante perfección en el suplicio, impartía en su cárcel particular tormentos menos exquisitos: vapuleos a cargo de expertos, entre ellos un boxeador profesional, antiguo campeón de Europa, que usaba a los presos como saco de entrenamiento. También se practicaba uno de los más clásicos tormentos: el de la sed.

Calatayud preguntó con ansiedad a su informador:

—Pero, Boils, ¿vive todavía?

—Al menos hasta el pasado lunes, sí. Aunque quizás le fuera mejor no hacerlo; están torturándole de continuo. Incluso le han arrancado varias uñas de la mano...

—¡Dios santo! ¿Y por qué tanta crueldad?

—Quieren que les facilite nombres de los militantes tradicionalistas que residen en la provincia. Ya sabrá que Anselmo es dirigente de la Comunión...

—Sí, sí, claro que lo sabía. Me aterra pensar en sus sufrimientos...

—No creo que consigan sacarle nada. Es todo un hombre, apoyado por una inmensa fe en Dios. A Él hay que pedirle que le permita morir cuanto antes...

Habían quedado en un mutismo cargado de dolor. Cuando se abrió la puerta y un miliciano llamó:

—¡Enrique Calatayud! Sígame.

En el recibimiento, Jaime todavía estaba discutiendo con un sujeto que llevaba las insignias de teniente sobre la camisa azul pálido.

—¿Cómo vais a ser hermanos, si lleváis distintos apellidos?

—Porque lo somos solamente de madre, te lo estoy diciendo; mira el segundo, Íñigo.

El teniente se rascó la cabeza, Jaime puso su mano sobre la funda de la pistola.

—Y me lo llevo porque mando más que tú, ¿estamos? Y porque si te opones, te dejo seco ahora mismo.

—Bueno, compañero comandante, tampoco hay

que ponerse así. Un recibo sí que me firmarás; tengo que justificarme.

—Ni recibo, ni leches. En la jefatura de las milicias socialistas están al cabo de la calle; puedes llamarles si no te fías.

—Me fío, ¿cómo no voy a fiarme de ti, compañero comandante?

Cogió del brazo con fuerza a su hermano y salieron a grandes zancadas del cuartelillo. En la puerta esperaba un automóvil del batallón.

—Que Dios te lo pague, Jaime... —le dijo Enrique apenas arrancó el coche. Y le besó en la mejilla.

—Déjate de beaterías. Lo que hace falta es que no se repita; porque si llegan a detenerte los anarquistas o los comunistas, no sé qué hubiese podido hacer. Esto ha sido sencillo; Rogelia en persona llamó a la jefatura...

—Dale las gracias.

Jaime le ofreció un cigarro; fumaron en silencio unos momentos.

—¿Qué tal está tu mujer? —dulcificó Enrique el tratamiento.

—Muy bien; es una trabajadora incansable. Una idealista de las que no quedan.

—Y vuestra relación...

—Bueno, estos días andamos un poco de morros; porque, como algún defecto tenía que tener, no veas lo celosa que es.

—¿Sin motivo? —sonrió su hermano—. Mira que te conozco, Jaime...

—¡Hombre, qué quieres que te diga! Hay una chiquita en el batallón, una enfermera, que dice que está enamorada de mí. Y uno no es de piedra...

—No cambiarás nunca...

—Descuida, que esta vez sabré reprimirme. Me juego irme al frente, en lugar de acompañar a Rogelia en las campañas de propaganda por esos pueblos. Casi nada: en vez de discursos, tiros.

Habían llegado al domicilio de Enrique.

—¿Subes?

—Sí, claro. Quiero darle un beso a Tonica, que menudo susto tendrá todavía. Y a mis sobrinos y a don Luis. ¿Qué tal está el viejo, por cierto?

—Hecho un roble. Aunque cabreado; dice que esto no es la República con la que soñó toda su vida.

Estaban bajando del coche.

—No le falta razón... —dijo Jaime entre dientes.

Eulalia estaba en la portería, charlando con su marido. Jaime se plantó frente a ellos.

—Sabéis quién soy, ¿verdad? El hermano de don Enrique. Y mirad esto —se señaló la insignia de comandante—. Un jefe de milicias. De modo que puedo meteros en chirona cuando me dé la gana. A ti —se dirigía a Bernardo— por emboscado; que ya podías haberte alistado y estar en el frente, como otros compañeros de tu edad. Y a ti —ahora, por Eulalia— por encubridora. Que no se os olvide, pareja.

Los porteros no abrieron la boca. Al llegar al piso, el abrazo del matrimonio fue interminable.

*   *   *

Todas las mañanas traían a casa el ejemplar de *Fragua Social*, ya que se impuso la obligación de continuar como suscriptores del periódico marxista a cuantos lo habían sido de *Las Provincias*. Nuestro padre lo leía, qué remedio, y hasta en más de una ocasión se regocijaba al encontrarse con noticias sobre la marcha de las operaciones totalmente fantásticas, embustes descomunales, descarados inventos, que nada tenían que ver con la realidad de la guerra.

Que él conocía cada noche, a través de las charlas del general Queipo de Llano. Aunque también éste, en bastantes ocasiones, le echaba imaginación a la cosa. Escuchar a don Gonzalo se había convertido en el gran consuelo, en la máxima ilusión de cuantos, en la llamada zona leal, vivían en puro sobresalto, confiando en que llegasen cuanto antes *los otros* para liberarles de aquella angustia diaria, de la zozobra cotidiana.

Queipo era el revulsivo de su desánimo, el único remedio para su pesimismo. Había inventado una fórmula de comunicación directa, sin remilgos dialécticos; todo lo contrario, sencilla, popular, en ocasiones descarada, rústica, hasta soez. Pero tremendamente eficaz. Quizás sus salidas de tono, sus insolencias, sus rabotadas, era lo que más celebraban unas gentes que, durante los minutos de su charla, descargaban todos los malos humores, toda la rabia, todo el miedo, toda la adrenalina que acumularon a lo largo del día.

Por eso, el gobierno de Madrid ponía todos los medios para impedir que su voz pudiera difundirse y en las ciudades bajo el dominio del Frente Popular, se perseguía sañudamente a quienes le escuchaban, noche tras noche. Más de una persona, muchas personas habían sido detenidas, fusiladas, incluso, por infringir la radical prohibición de oír radios facciosas; de oír al general, particularmente.

Y sin embargo, pese al peligro, millares y millares de habitantes de la zona roja o leal o republicana enchufaban a la hora en punto su aparato de radio, ansiosos porque llegara el tradicional saludo de don Gonzalo:

—Buenas noches, señores...

En realidad, fue el precursor de la radiodifusión como insustituible vehículo de propaganda; de una fórmula, inédita hasta entonces, de lavar cerebros, de ganar voluntades. Después vino Goebbels...

Mi padre se entusiasmaba con sus soflamas y al día siguiente nos refería parte de lo que había dicho; no todo, pues algunas de sus invectivas resultaban demasiado fuertes para nosotros. Mucho le divirtió la noche en que, sin conocimiento alguno del interesado, anunció que el conde de Romanones había efectuado un donativo de medio millón de pesetas en favor del ejército nacional. Tuvo que pagarlas, claro...

—¡Con lo tacaño que es...! —comentaba papá, riendo.

También Indalecio Prieto había hablado por los micrófonos de Unión Radio, aunque en una única ocasión. El dirigente socialista hizo un discurso prepotente, triunfalista. Y cargado de lógica. Pues dijo que el gobierno de la República tenía en su poder la Armada casi íntegra y todos los centros industriales del país y las fábricas de armas de Asturias, y las de tejidos de Cataluña. Y sobre todo, el oro del Banco de España; el oro, indispensable, fundamental para ganar una guerra. ¿Qué podrían hacer frente a semejante realidad aquellos militares insensatos?

Nuestro padre leyó la referencia del discurso en el periódico y se quedó preocupado; deseó más que nunca que llegase la noche para escuchar la réplica de Queipo. Más le inquietó, mejor dicho, le causó sorpresa, primero, y después indignación, otra noticia que traía la prensa del día, entre la información local y que repitió en alta voz a mamá:

—El coronel Ochando, que desde el primer día de la canallesca rebelión de los militares sin honra, permaneció fiel a la República, ha tomado el mando de un regimiento de artillería que, junto a dos batallones de milicias, saldrá mañana hacia el frente de Aragón...

Comentó, deprimido:

—Nunca lo hubiese imaginado...

—Compréndelo, Enrique —suavizó nuestra madre—. Es humano; no todo el mundo puede ser héroe.

—Un militar tiene la obligación de serlo.

* * *

Enrique Líster está en la ciudad. Sólido, recio, la mandíbula enérgica, los ojos penetrantes, un cierto aire de gorila en sus maneras; y, sin embargo, todo él desprende fascinación, transmite a la vez miedo y atractivo. Está persuadido de ello, tiene fe ciega en sí mismo y exige a sus subordinados una obediencia sin fisuras. A sus escasos treinta años, ofrece una biografía apasionante: agitador en su gallega mocedad, pagó en la cárcel desde muy joven sus atracos y sus algaradas terroristas. Viajó a Cuba, para intensificar allí su vocación revolucionaria. Ha vuelto para convertirse en el más prestigioso jefe de milicias.

Su intuición como militar es asombrosa; ahora se ha nombrado a sí mismo comandante y es uno de los pocos jefes improvisados de quien los profesionales del ejército aceptan sugerencias, admiten consejos. Cuando se exilie, al final de la guerra civil, marchará a la URSS; ya había estado a comienzos de los años treinta y en la academia Frunze de Moscú cursó estudios militares. Más tarde alcanzaría el grado de general del Ejército soviético y con él participó en la guerra mundial.

El comandante Líster es comunista histórico, cabal. Fiel, por tanto, al principio de la disciplina, del método, de la sumisión al mando. De ahí su escasa simpatía hacia los anarquistas, que hacen la revolución por su cuenta, que no aceptan órdenes, que siembran el desconcierto en los frentes y el caos en la retaguardia. Se ha propuesto, pues, meterlos en cintura. Lo conseguirá.

Porque a su innata disposición para mandar, asocia una energía indomable. Y una dureza que no repara en medios, por crueles que sean. Bien lo saben sus milicianos, que le admiran tanto como le temen. También lo saben los altos mandos militares de la República, el general Pozas, el general Miaja; de ahí que nunca se inmiscuyan en sus decisiones, aunque les parezcan atrabiliarias. Al final, termina por resolver drásticamente problemas con los que ellos no osaban enfrentarse.

Enrique Líster se reúne con los jefes comunistas de la ciudad. Está al corriente de la situación en ella, de la escasa efectividad de buena parte de las milicias, que sólo se ocupan de la revolución y poco de la guerra.

135

—Y esto no puede seguir así, compañeros. Es una vergüenza que no se haya tomado Teruel; que los fascistas continúen avanzando y que muchos de los nuestros sean incapaces de resistir un ataque.

Nadie se atreve a hablar.

—¿Qué es lo que hay que hacer con esos cobardes que echan a correr en cuanto huelen la pólvora? Pegarles un tiro; para que los demás sepan lo que les espera si tampoco ponen los cojones en su sitio.

Fuma sin parar.

—Los comunistas tenemos que dar ejemplo. Ahí tenéis nuestro Quinto Regimiento, un modelo de organización y de disciplina, que hasta los facciosos han tenido que elogiar. Necesitamos muchas unidades así; con tíos bragados, que sepan cómo hay que combatir y que no se tomen a broma esto de la guerra. ¿Sabéis lo que pasaba en Madrid al principio de la sublevación facciosa? Que los anarquistas se iban a la sierra, a pegar tiros, durante el día; y por la noche volvían a la capital, para acostarse con sus queridas.

Hace una pausa.

—Con eso, allí, ya hemos terminado; pero por culpa de eso, los fascistas de Valladolid pudieron tomar el alto del León y aguantar en Somosierra, desde donde nos fríen a cañonazos. Os lo repito: sólo nosotros podemos ganar la guerra y sólo a nosotros, si nos lo merecemos con nuestra actitud, nos ayudarán los compañeros soviéticos. Porque el camarada Stalin está dispuesto a hacerlo y muy pronto.

Murmullos de satisfacción entre los reunidos.

—Así que ya sabéis. Que no os tiemble el pulso cuando haya que eliminar a cualquier indeseable. Hacia la victoria con mano dura, caiga quien caiga.

Están convencidos, no tienen la menor duda de que Líster predica con el ejemplo. Hace bien pocos días lo demostró. El frente madrileño de la sierra estaba lleno de milicianas anarquistas, que habían acompañado a sus compañeros como si se fuesen de picnic. Justificaban su presencia disparando algunos tiros, sin blanco determinado y les hacían muchas fotografías en plan fiero, en las trincheras, con el fusil mal colocado, con el mono desabrochado, enseñando medio pecho. Después se publicaban en *Estampa* y en *Ahora* y el personal de la retaguardia se entusiasmaba con el valor de aquellas libertarias.

Bastantes procedían del fogón, otras de los prostíbulos; no faltaban las que se habían marchado al frente por no separarse de sus compañeros, para no perder el disfrute de su sexo. Las noches en la sierra más parecían festejo en un lupanar que tensa vigilancia frente al enemigo. Lo malo era que las libertarias estaban corrompiendo también a los batallones comunistas; pues, hay que reconocerlo, la soledad de un hombre joven en pleno campo es fácil de tentar. Y con la promiscuidad, con el desenfreno, se dispararon las enfermedades venéreas: la sífilis, la blenorragia. También la tisis, que alguna de aquellas desgraciadas llevaba encima desde muy atrás.

Enrique Líster explicó una tarde a los mandos comunistas:

—Estas libertarias nos están causando más bajas que el enemigo. Metedlas en un tren y mandádmelas a Madrid.

Estaba esperándolas en una estación de cercanías. Las hizo bajar del vagón y ponerse en fila. Acabó con ellas en un momento; bastaron varias ráfagas de su fusil ametrallador, lo que llaman el naranjero.

*   *   *

A mediados de agosto, don Evelio, el vecino de arriba, le propuso a mi hermano que aprovechase sus muchas horas muertas para enseñar a leer a su pequeño Tinín, de seis años. Como simbólica recompensa, le daría siete pesetas al mes, adelantándole la mitad. Ni que decir tiene que la oferta fue aceptada con entusiasmo por Enrique y también por

137

nuestros padres, que consideraron que era una fórmula excelente para que ocupase su tiempo y además tuviese algún dinero para sus caprichos. Porque la tradicional subvención paterna, por el momento y a la espera de mejores tiempos, había sido suprimida.

Con su flamante sueldo, que así le llamaba él, sin disimular su satisfacción por ganárselo, pudo tener algún detalle con Isabel, a la que veía al menos dos veces por semana. Al decir detalle me refiero a obsequiarle con chucherías de cuatro perras, palitos de orozuz, sobre todo, que a ella le divertían, porque se manchaba los labios y así Enrique tenía excusa para limpiárselos y hacerle unas cuantas carantoñas a cuenta de ello.

Incluso un sábado por la tarde acordaron ir al cine, al Palacio, donde por treinta céntinos (se entiende, butaca de gallinero) daban dos películas largas, un corto de dibujos, un documental y el noticiario Fox. Así que se pasaron allí desde las cinco hasta más allá de las ocho y mi hermano se asustó mucho al ver lo tarde que era, el tiempo se le fue volando, entre las escenas de amor de Jean Harlow y Gary Cooper en la pantalla, y las interpretadas por él, en su butaca, con Isabel.

Ella lo comprendió y, como su casa quedaba cerca, le dispensó de acompañarla. Se despidieron con el ya habitual beso en la mejilla y Enrique se perdió por una maraña de callejuelas oscuras, que parecían enredarse unas con otras, como si de un jeroglífico se tratara. Y que él desconocía. Era el barrio chino, la zona, además, más pútrida y nauseabunda del extenso barrio chino de la ciudad.

Frente a casuchas de paredes cuarteadas, con mucha ropa tendida en los balcones, hacían cola milicianos, hombres maduros, jovenzuelos apenas púberes. Todos llevaban las manos en los bolsillos y hurgaban en ellos de continuo, como si quisieran aplacar la impaciencia del sexo. Una vieja en bata iba franqueándoles el paso, a medida que salían los que ya habían satisfecho su libido, muchos terminando de abrocharse la bragueta, algunos en parejas, contándose en voz alta las delicias de su fornicación; o también las decepciones.

En las aceras, junto a portales lóbregos, había también otras putas, las de peor calaña, gordas, machuchas, rebozadas sus caras con polvos baratos y carmín muy colorado. Se acercaban a los viandantes, ofreciéndoles un repertorio de placeres nada acorde con su aspecto repugnante. Una siseó a Enrique:

—Ven acá, chaval, tío bueno, que verás qué rato te hago pasar...

Y abrió la boca y agitó velozmente una lengua muy larga, parecía de lagarto, llena de babas. Enrique apretó el paso; aún tuvo que sortear otras proposiciones no menos asquerosas, hasta llegar a la calle de San Vicente, ya no la llamaban así, por supuesto, donde desembocaban los callejones del vicio.

Aunque antes le aguardaba una sorpresa ciertamente inesperada: de uno de los lupanares con apariencia menos cochambrosa, incluso lo alumbraba un letrero luminoso que bajaba por la fachada anunciando su nombre, El Rápido, vio salir a Tomás Alagón. Sí; su compañero de academia, el entusiasta falangista, cuyo idealismo tanto le complacía. ¿Cómo era posible? Se acogió a la penumbra de un rincón, pues le preocupaba que él también pudiese verle y creer que venía de lo mismo, de enfangarse con aquellas desdichadas mujeres. Por fin, dejó atrás el barrio chino.

Que seguía recibiendo manadas de individuos de todo pelaje, presurosos, anhelantes por llegar a su cita con el prostíbulo. Harían cola, aguardarían en un cuarto mal iluminado a que les llegase el turno, pagarían por anticipado la ocupación a la cajera, que ejercía sus funciones administrativas detrás de una especie de taquilla.

Y que, con gesto rutinario, levantaba su brazo y extendía el índice para señalar a los clientes un letrero colgado de la pared, encima mismo de la caja. Que decía: ¡COMPAÑERO! RESPETA A ESTAS MUJERES. PIENSA QUE PODRÍAN SER TU MADRE O TU HERMANA.

Siempre de negro vestida; el pelo, que ya apunta a ce-
niciento, pulcramente recogido en moño; el gesto, enérgico; la mirada, viva. Y en toda ella, un premeditado
afán de transmitir cierta sensación de religiosidad lai-
ca, valga la paradoja, de misticismo revolucionario. Tal
era entonces la imagen de Dolores Ibárruri La Pasionaria, diputada comunista que irrumpió con inusi-
tada violencia en el Congreso, a raíz del triunfo del
Frente Popular y que ahora, en plena guerra, se había
erigido en carismática líder de las masas combatientes.

Bien se merecía la fama. Hablaba con elocuencia
impactante, tenía un dominio absoluto de la demagogia y una especial predisposición para construir
latiguillos efectistas, frases de esas que llaman lapi-
darias: las que los auditorios populares aclaman con
frenesí. Se apropió el *¡No pasarán!* como constante
muletilla, provocando con ella el delirio de sus entusiastas, que nunca entendieron que aquello suponía una clara renuncia a la victoria, la aceptación de
tenerse que contentar con ir tirando.

Cuando gritó *¡más vale morir de pie que vivir de
rodillas!*, los rugidos de fervor retumbaron en toda la
zona. Su más reciente descubrimiento declamatorio
enloquecía a sus compañeras, a todas, incluso a
quienes, como las libertarias, estaban lejos de su
programa. Se trataba de *¡hijos, sí; maridos, no!*, re-
petido una y mil veces por las milicianas, por las
hembras de la revolución, por las jóvenes generaciones de pioneras marxistas, que soñaban con un futuro de libertad.

(Medio siglo largo más tarde, cuando La Pasionaria regresó a España, después de su dorado exilio, y aquí la recibieron algunos viejos camaradas del partido y muchos jóvenes ignaros, con tal derroche de panegíricos, loas y agasajos, que mismamente parecía que Dolores fuese una armoniosa combinación de Juana de Arco y la Madre Teresa de Calcuta, y se le dedicaron películas, libros, artículos, entrevistas, homenajes sin cuento, y se la presentó a las nuevas generaciones, tan ayunas en cultura histórica, como adalid de la democracia, paladín de las libertades, salvaguarda de los derechos humanos, pensé yo que le omitían, sin duda de propósito, su único título respetable y más que merecido: el de declarada antiabortista.)

La Pasionaria, ignoro por qué razones últimamente le suprimen el artículo, que siempre usó, se había entregado, durante la primavera trágica del 36, a una infatigable campaña de propaganda revolucionaria. En el Congreso insultaba a los diputados de la derecha y les amenazaba sin rebozo. En los mítines, frente a muchedumbres con hambre y rabia, sabía excitar sus soterradas ansias de justicia social, proponiéndoles como única solución para conseguirla la lucha armada, la subversión violenta, el asalto al poder.

Denostaba con energía a la república burguesa; injuriaba a los capitalistas y a los empresarios, sanguijuelas que se alimentan con la sangre de los trabajadores; se mofaba del clero, que los bendecía, y clamaba con iracundia contra las dictaduras fascistas. Para terminar siempre con la ardorosa excitación a tomar las armas, a derribar las estructuras carcomidas de la república infiel, a proclamar, aun a costa de sangre, la dictadura del proletariado.

La tarde en que llegó a la ciudad, una multitud enfervorizada estaba aguardándola en la sede del Partido Comunista. Venía acompañada, según su costumbre en los últimos tiempos, por su querido, el comisario Antón. Un muchacho de la misma edad que su hijo mayor, al que se había entregado apasionadamente, con un amor crepuscular y, por ende, volcánico. Como más adelante, Indalecio Prieto, a la sazón ministro de Defensa, pretendiese mandar a su amante al frente, montó contra el moderado socialista tal campaña de insidias, descalificaciones y denuncias, que le cesaron. Asqueado, harto de la preponderancia comunista, convencido de la derrota, don Inda marchó con teóricas misiones diplomáticas a Hispanoamérica, de donde nunca regresaría.

Dolores sólo estará dos días en la ciudad; le bastan para desarrollar una frenética actividad, pues su capacidad de trabajo y su entusiasmo son infinitos. Se reúne con los compañeros del buró local, pronuncia mítines, visita hospitales y cuarteles. No sólo los comunistas; también los socialistas, ya que su prestigio entre los combatientes del PSOE es igualmente grande. Las autoridades civiles, que no tienen otra cosa que hacer, ya que no les dejan meter baza en nada, le ofrecen un banquete; su discurso final es vibrante. El gobernador, y eso que pertenece a Izquierda Republicana, no puede evitar que unas lágrimas humedezcan su servilleta.

Tío Jaime se llevó una alegría al saber que Dolores incluía el acuartelamiento de su batallón entre los que había decidido visitar. Conocedora de que, al siguiente día, partían hacia el campo de batalla, quiso dedicarles una de sus arengas, levantarles el espíritu, exaltar su valor. A Rogelia, la noticia le hizo menos gracia; cosa de los celos, en este caso políticos. Cierta pelusilla, puesto que no en vano eran rivales en la brillantez oratoria. Para disimularla, adujo razones de ideología.

Aunque, obviamente, estaba junto a Jaime, en la puerta del cuartel, aguardando la llegada de La Pasionaria, que arribó a las ocho de la tarde, con absoluta puntualidad, en un Buick negro del comité central del partido. El batallón formaba en el patio con impecable marcialidad. Dolores y Antón saludaron, puño en alto, a la otra pareja y acompañados por ella, pasaron revista a los milicianos; no ocultaron su satisfacción por la disciplina de que daban muestras, así como por su completo armamento.

—Ojalá todas las unidades del ejército del pueblo fueran como ésta. Incluso me recuerda nuestro Quinto Regimiento; sin llegar a su perfección, claro es.

—Ha sido el ejemplo que procuramos seguir —aduló Jaime.

—Mañana os vais al frente, ¿no es así?

—Sí, mañana nos vamos. Bueno, por el momento yo no puedo acompañarles. Se me ha ordenado participar con Rogelia en una campaña de propaganda, pidiendo voluntarios, que tenemos que realizar la semana próxima en varios pueblos de la región. Siempre intervenimos los dos en estos actos...

—Me han hablado muy bien de tus discursos, compañera Martínez —elogió Dolores, sin modificar por ello la frialdad de su gesto.

—Sigo tu línea —respondió Rogelia con absoluta displicencia.

Jaime intervino de nuevo:

—Supongo que dirigirás unas palabras a los milicianos. Como puedes comprender, están nerviosos ante su inmediato bautismo de fuego; aunque con gran espíritu, por supuesto...

Fue una arenga breve pero electrizante. Hasta Rogelia, en su fuero interno, tuvo que reconocer la extraordinaria capacidad de La Pasionaria para entusiasmar a sus auditorios. Mientras recibía los vítores, sin descomponer por ello la gravedad del rostro, Dolores indicó:

—Que rompan filas. Me gustaría confraternizar con ellos.

Y durante diez minutos estuvo charlando, dando la mano, animando con frases perfectamente medidas a los voluntarios socialistas, la mayoría jóvenes, que muy pronto iban a estar jugándose la vida. Jaime, en algunos casos, hacía las presentaciones; así, cuando llegaron frente a *Maciste*.

—Éste es uno de nuestros mejores milicianos. Procede de la FAI, pero aquí está siendo un ejemplo de disciplina.

—¿Y eso? —preguntó ella al observar, la camisa abierta mostraba el pecho peludo del miliciano, su tatuaje / estadística.

—Son los fascistas a los que me cargué en los primeros días. Uno por calavera. Total, catorce.

—Buena cosecha. Pues a ver si ahora la aumentas en el frente.

La despidieron, fuera ya de todo protocolo; el batallón rodeaba el Buick, que a duras penas pudo arrancar, mientras, desde su interior, La Pasionaria levantaba el puño enérgicamente y también el comisario Antón, que apenas había abierto la boca en todo el rato.

Otra vez todos dentro, Jaime se subió en un cajón de municiones y desde allí anunció:

—Y ahora, para celebrar vuestro último día de retaguardia, los compañeros de intendencia abrirán la despensa y la bodega, para que comáis y bebáis cuanto os dé la gana.

Acalló el griterío entusiástico con un enérgico gesto, abriendo los brazos para pedir silencio.

—Pero cuidado; nadie puede salir del cuartel. Y a las doce en punto se terminará la juerga, porque mañana hay que madrugar.

Mientras los milicianos se dirigían hacia los almacenes de intendencia, Rogelia y Jaime subieron al entrepiso, donde tenían instalado un pequeño despacho.

—Esta noche debíamos dormir aquí —sugirió ella.

—Sí, será mejor. Así vigilaremos a la gente, que se va a desmadrar.

—Y también les acompañaremos en su despedida; es lo menos que se merecen.

Vaciló Jaime.

—¿Tú crees que les habrá cabreado que no me vaya con ellos?

—Se lo hemos contado tan bien, que están convencidos de que dentro de unos días te van a ver en el frente.

Pasó sus brazos sobre los hombros de su amante.

—Pero tú solamente tienes que hacer la guerra conmigo, cariño.

Le besó con apasionamiento. A duras penas pudo Jaime desembarazarse de sus achuchones.

—Claro que sí. Aunque esta noche nos debemos a nuestros milicianos.

—Hasta las doce nada más...

El cuartel estallaba de risas, de cánticos, de una alegría insensata; como si en vez de salir camino del peligro, quizás de la muerte, aquellos hombres estuviesen celebrando una fiesta jubilosa. Habían comido hasta empapuzarse y seguían bebiendo; algunos, tumbados por los rincones, dormían la borrachera con ronquidos graves, profundos. Los más enteros formaban grupos y se contaban intimidades y se comunicaban proyectos de victoria; ninguno sabía a ciencia cierta lo que le aguardaba en las trincheras; su idea de la guerra era todavía puramente especulativa, formada con imágenes de películas del Oeste.

Rogelia y Jaime andaban de un corro al otro, simulaban beber de las botellas que les ofrecían, les gastaban bromas. Se detuvieron en el que formaban varios milicianos, alrededor del sargento Albalate, tan celebrado por todos. Porque Albalate era cura; un cura rebotado, se entiende, que allá por el pasado marzo, colgó los hábitos por culpa de una feligresa casquivana, la mar de cachonda, y se lió con ella.

En realidad, nunca había tenido vocación. Era uno de tantos hijos de familia numerosa, al que, en el pueblo, sus padres decidieron mandar al seminario para quitarse una boca de encima. La señora marquesa pagaba cada año una dote al muchacho que le parecía más apto para el sacerdocio y le eligió a él. Mucho influyó la opinión del párroco, que sentía un especial afecto hacia aquella familia tan prolífica.

Albalate cursó sus estudios con discreto aprovechamiento, se ordenó en una hermosa ceremonia, oficiada por el señor arzobispo y lo destinaron a una parroquia de los barrios pobres de la ciudad. Allí conoció miserias infinitas; aprendió también que muchos que presumen de católicos carecen de sensibilidad para remediar los males ajenos, aunque puedan hacerlo, y están cargados de hipocresía. Leyó, por curiosidad, a Carlos Marx y se lo creyó. A partir de ese descubrimiento, fue ampliando su cultura política en la misma dirección, hasta convertirse en un socialista convencido.

Por si algo faltara, a sus veinticuatro años estallantes de vitalidad, el sexo le tentaba de continuo. Tras meses de desenfrenado onanismo, Raquel se le vino literalmente encima. De las prédicas en el confesionario, pasaron a citas clandestinas, para terminar encamándose. Y cuando el triunfo del Frente Popular rompió muchos esquemas sociales hasta entonces intangibles, Albalate no lo dudó: pidió la secularización. Se la negaron; pero echó por el camino de en medio, se fue a vivir con la moza a una pensión de dudosa fama e ingresó en el Partido Socialista.

Tenía, elementalmente, una cultura muy superior a la media entre sus compañeros. Su historial, además, le daba ante ellos un prestigio casi mítico. Fue liberado por el partido, esto es, se le asignó una retribución, para que pudiera entregarse sólo a la propaganda política, olvidando las clases de latín con las que venía subsistiendo, por cierto, dificultosamente. Pronto se hizo pieza insustituible en el mecanismo de agitación.

Al estallar la revolución, se apuntó en el batallón de Jaime, el más reputado entre todos los del PSOE. El mismo día de su llegada le hicieron sargento; sus antecedentes fueron en seguida conocidos, provocando la admiración y el respeto de sus compañeros. Que con frecuencia le pedían que les contara anécdotas del seminario, chismes del clero, procacidades de la Biblia que, si bien se mira, no está falta de ellas.

Aquella noche, el sargento Albalate estaba más eufórico que de costumbre, pues normalmente no era dado a las alegrías externas. Pero tampoco solía beber y lo había hecho, no como los demás, aunque quizás demasiado para sus hábitos. Charlaba con Rogelia sobre ciertos misterios del dogma cristiano, que ella tachaba de patrañas y él, curiosamente defendía, cuando *Maciste* terció:

—Tú dirás lo que quieras, pero eso de la misa es un invento de los obispos para sacarle dinero a los beatos.

Albalate se limitó a sonreír, sin hacer comentario alguno.

—Porque ya me explicarás la idiotez que me contaban, de crío, en la catequesis de la parroquia, adonde mi madre me obligaba a ir. Lo de que agarráis el pan y el vino, decís unos latinajos y aquello se convierte en Dios.

—Pues mira, es verdad.

—¡A otro chino con ese cuento...!

Los demás, excepto Rogelia y Jaime, profirieron unas risotadas estruendosas.

Entonces Albalate tomó un zato de pan que había en el suelo, llenó de vino su vaso y se puso en pie. Todos enmudecieron, mientras él los alzaba y levantando también los ojos, con una seriedad y una unción incomprensibles en aquel ambiente, repetía las palabras de la consagración:

—*Hoc est enim corpus meum...*

Hizo por dos veces la genuflexión; después, mirando al cielo, con ojos muy brillantes y voz enérgica, dijo:

—Y ahora, te jodes y bajas...

Los milicianos volvieron a las carcajadas, a las blasfemias, a las imprecaciones. No habían entendido, nunca podrían entender, la inmensa carga de fe que llevaba implícito el exabrupto de Albalate; menos comprenderían que el orden sacerdotal imprime carácter. Hasta a los curas rebotados.

* * *

Las secuelas de la visita de La Pasionaria duraron varios días, durante los que se escribieron en los periódicos comunistas editoriales orgásmicos y la radio repitió de continuo los párrafos más importantes de sus discursos. Incluso se organizó una nutrida manifestación de mujeres, obreras, milicianas, algunas rabizas y, especialmente, muchachas de las Juventudes del PC, encabezada por una enorme pancarta en la que podía leerse la histórica consigna, *¡hijos, sí; maridos, no!*, que ellas repetían a coro, con auténtico frenesí.

Mi madre, que se había asomado al balcón con nosotros, al reclamo del vocerío, se retiró en seguida, santiguándose varias veces. El abuelo, que en casos límite siempre volvía a sus ancestros y apostrofaba en catalán, murmuró:

—*Aquestes dones són boixes. Quin fàstic de merda!* (1).

Papá no se había movido del sillón; como todas las mañanas a aquella hora, leía *Fragua Social*. Donde, dándole muchas vueltas, reconocían que los sublevados habían conquistado Badajoz, uniendo así el norte y el sur de su zona. Pero la versión de la batalla resultaba apocalíptica; la escribió un periodista portugués, dando rienda suelta a su imaginación, para relatar la sanguinaria represión de los legionarios en la plaza de toros, según él, con tal número de víctimas, que estadísticamente resultaba imposible.

Resultaba que España se había llenado de corresponsales de prensa extranjeros, atraídos por el

(1)   Estas mujeres están locas. ¡Qué asco de mierda! *(N. del a.)*

morbo de una guerra que se presentaba distinta a todas. Arthur Koestler sufriría aquí sus primeras decepciones ideológicas; André Malraux se hizo muchas fotografías frente a su escuadrilla de caza, pero si creemos al jefe de la aviación republicana, Hidalgo de Cisneros, y al mismo Líster, su aportación a las batallas no pasó de ahí. Y de escribir una buena novela y basar en ella una excelente película. Lustros después depondría su fervor comunista, para integrarse en el conservadurismo imperial de De Gaulle y formar parte de uno de sus gobiernos *en grandeur.*

Y el más famoso y celebrado de todos, Ernest Hemingway, el espléndido novelista americano, que entre whisky y whisky en el restaurante de Gaylord's, en la democrática compañía de los militares soviéticos, transmitía a los Estados Unidos apasionantes crónicas de guerra, con el indudable mérito de hacerlas muchas veces de oídas. Asimismo de oídas escribió una novela, inventándose incluso una batalla en Somosierra. Después, naturalmente, la llevaron también al cine.

Esta insana curiosidad, casi enfermiza, por ver cómo se mataban los españoles, la habían puesto de moda los franceses en las primeras semanas del alzamiento, cuando la toma de Irún por los rebeldes o facciosos o nacionales. Aquellos días, lo *chic* para nuestros vecinos consistía en presenciar el espectáculo de la batalla, desde la línea fronteriza de Hendaya, como quien asiste a una representación teatral. Y antes de la cena en el *Hôtel de ville* y de sentarse hasta el amanecer ante las mesas del Casino de Biarritz, elegantes *madames,* sugestivas *mademoiselles,* junto a sus correspondientes acompañantes, se acomodaban en confortables butacones en pleno campo y mientras les acariciaba la brisa del Cantábrico, seguían a través de sus prismáticos, con verdadera emoción, el desarrollo de la lucha.

Las más delicadas llevaban un cojín de seda, para apoyar en él los pies y no tener que hacerlo sobre la hierba, sucia y forzosamente húmeda. Aplaudían cuando un disparo de mortero acertaba en el blanco, se excitaban con los asaltos a la bayoneta calada de los combatientes. Alguna de las damas, más sensible, no podía reprimir frente a la representación viva del drama, una exclamación asustada:

—*Vraiment épouvantable!*

Y se tranquilizaba con un buen trago de *Veuve Cliquot*, reserva del 26.

* * *

El médico no pudo demorar más el alta de nuestro padre, así que tuvo que volver al mostrador de El Capricho. Quizás fuese mejor, porque en casa se aburría, sin nada que hacer, y tenía por ello más tiempo para pensar y para preocuparse. Pues aunque el peligro de los porteros parecía frenado, tras la más que explícita advertencia de tío Jaime, la duda, la inquietud, el sobresalto continuaban latentes. También continuaban en la ciudad las detenciones, las sacas y los paseos...

Algunos días se acercaba por la tienda Pedro Serra, ya que la suya quedaba cerca y sus empleados / incautadores eran también condescendientes con él. Daba pena verle; había adelgazado diez kilos y exageraba de tal manera su vestimenta proletaria, que parecía un mendigo.

Su histórico pesimismo le había llevado a desprenderse de la radio, para eliminar cualquier sospecha entre el vecindario de que podía escuchar las emisoras facciosas. Vivía en un estado de constante histeria; sólo le sedaban las noticias que mi padre le facilitaba, por eso iba a verle con frecuencia, sobre la marcha de las operaciones militares.

—Anoche Queipo informó que la columna de Yagüe que avanza hacia Madrid había progresado quince kilómetros en un solo día... El Alcázar de Toledo continúa resistiendo... El santuario de Santa

María de la Cabeza, también; el capitán Haya les ha hecho llegar víveres y municiones desde su avión... La escuadra roja sigue sin dar señales de vida...

La escuadra roja contaba con la casi totalidad de buques que componían la marina de guerra. Pero estaba sin mandos; en los primeros días del alzamiento, las tripulaciones, perfectamente organizadas desde meses atrás en células comunistas, se amotinaron a bordo, apresaron a jefes y oficiales y los fusilaron en cubierta: como en el acorazado *Potemkin*. Comunicaron su hazaña al ministro del ramo, reiteraron su fidelidad al gobierno legítimo y pidieron instrucciones sobre el destino que debían dar a los cadáveres. Giral, farmacéutico elevado a los más altos destinos náuticos, ministro de Marina, les ordenó que respetuosamente los arrojasen al mar. La Armada quedó, desde entonces, en manos de cabos furrieles, artilleros de segunda y marineros rasos. Y, naturalmente, inoperante.

Pedro Serra cambiaba de color cuando escuchaba las informaciones de su amigo Calatayud, pasando del macilento al sonrosado; pero a diario repetía la misma cantinela:

—De todos modos, yo no lo veo claro, qué quiere que le diga. Esta gente tiene mucho poder, muchas armas, mucha fuerza. Y el apoyo de Stalin, no lo olvide...

Mi hermano Enrique seguía con sus clases y con su enamoramiento. Me había contado la desconcertante noticia del descubrimiento de las aficiones puteras de Tomás Alagón, que me desazonó todavía más que a él, pues se trataba de uno de mis compañeros mayores más admirados. Por eso se apresuró a ponerme al corriente de su más reciente información sobre el tema.

—Este mediodía, cuando regresaba de comprar la leche para el abuelo, casi me di de bruces con Tomás. Me saludó muy afectuoso, como de costumbre;

pero debió de notar algo extraño en mí, porque en seguida me preguntó si tenía algún problema...

Enrique se había franqueado con él. Ni siquiera regateó calificativos poco amables para su conducta, llegándole a decir que se avergonzaba de su amistad. Sorprendentemente a Tomás le dio la risa. Estaban en la plaza de Castelar, frente a Correos.

—Tú vives ahí mismo, ¿no es eso? —preguntó. Y ante el gesto afirmativo de mi hermano, rogó—: ¿Podemos subir a tu casa para hablar a solas?

Se encerraron en nuestra habitación. Con mucha solemnidad, exigió Tomás:

—¿Me das tu palabra de honor de que no contarás esto que te voy a decir?

—Te la doy.

—¿Ni a tus padres?

—Ni a mis padres.

—Ni a tu abuelo, ni a tus amigos.

—Ni a ellos.

—¿Lo juras también por Dios?

—Lo juro —afirmó Enrique, levantando el brazo desde el codo, como hacen en las películas.

Se había olvidado de incluirme entre los prohibidos, de modo que en seguida pude enterarme de todo, también previa promesa y juramento de no revelárselo a nadie. Esta vez, sin la menor omisión: absolutamente a nadie.

—Voy a esa casa de putas, El Rápido, todos los viernes. —Sosegó a Enrique, que ya iba a decir algo—. Espera, espera. Siempre entro con la misma chica, Manoli. Bueno, ése es su nombre postizo. De verdad, se llama Faustina; tiene diecinueve años nada más y es guapísima.

—Aunque así sea; no por eso dejará de parecerme...

—¿Quieres callarte y dejarme seguir? Su padre era cabo de la Guardia Civil en Burjasot, ya lo conoces, un pueblo de aquí cerca; le fusilaron el 21 de julio los de la UGT. Ella tiene cinco hermanos, todos más pequeños y es huérfana.

—No me convences; seguirá siendo...

—... una puta, sí, puedes decirlo. Y es verdad. Aunque sólo encerrándose en esa casa repugnante ha conseguido salvar la vida, al menos por ahora. También querían matarla, porque cuando las elecciones hizo propaganda de la CEDA en el pueblo. Y además, fíjate qué bestias, porque dicen que los guardias civiles facciosos se reproducen con sus hijas.

—¡Qué barbaridad!

—Allí está relativamente segura y gana un dinero con el que mantener a sus hermanos.

—Y tú te acuestas con ella por caridad... —ironizó Enrique.

—Yo no me acuesto con ella, entérate. Yo le transmito instrucciones y noticias del Auxilio Azul, una especie de red de información muy rudimentaria, llámale si quieres espionaje, que hemos organizado varios camaradas, siguiendo consignas de la otra zona.

Mi hermano escuchaba ahora con atención, sin atreverse a hacer ya ningún comentario.

—Faustina se aprende de memoria mis mensajes y los transmite, todos verbalmente, por supuesto, a una persona que sólo ella conoce, ni siquiera yo, encargada de hacerlos llegar en clave a Burgos. Esta persona va también todos los viernes a El Rápido, dos horas después que yo. Y, por supuesto, tampoco se acuesta con Faustina.

Se frotó la frente con la mano.

—Así que esa puta, como tú la llamas, es un enlace nacional. Que además consigue en ocasiones noticias interesantes de los cabrones que se la tiran. Porque entre sus clientes hay militares de graduación, jefes de milicias que con frecuencia se van de la lengua: que si salgo hacia Albarracín mañana, porque empezamos una ofensiva; que si hoy nos han llegado cien ametralladoras checas... ¿Lo entiendes?

Enrique pidió disculpas.

—Chico, compréndelo; las apariencias... Entonces, de verdad, de verdad, ¿no jodes con ella?

—Claro que no; ni siquiera nos desnudamos. Abrimos los grifos del lavabo para parecer que nos lavamos, deshacemos la cama y nos pasamos la información al oído...

—Bueno, si es así...

—En cuanto a Faustina, de acuerdo, no se puede negar su oficio. Pero yo pienso que, en casos así, Dios tiene la manga más ancha que los hombres...

Quedaron callados un instante.

—Te recuerdo que has prometido y jurado...

—Descuida. Te agradezco tu confianza; no la defraudaré...

—Ten en cuenta que esta labor está siendo ya bastante importante. Incluso se han podido salvar algunas personas por habernos enterado a tiempo de que iban a detenerlas... Bien, ¿convencido del todo? Pues ahora dame un vaso de agua, de ser posible fría, porque tengo una sed que me muero...

*　*　*

Desde la puerta del pasillo, Amparo hizo un gesto a mi hermano para que se le acercara.

—Al teléfono. Te llama una tal Isabel.

Le extrañó; era la primera vez que lo hacía. Se imaginó que algo muy importante necesitaba comunicarle.

—Que han traído a mi padre del frente; está herido. Un balazo en el muslo; dicen que no es grave. Lo han llevado al hospital militar. Me voy ahora mismo, de modo que no me encontrarás en casa...

—Iré a verte allí.

—No sabes cómo te lo agradeceré. Necesito que me levantes el ánimo; me siento muy abatida...

El viejo hospital reventaba de trajín; un trajín nervioso, desasosegado, de urgencias y dolores, con olor a formol y a éter. Varios enfermeros se afanaban en bajar camillas de una ambulancia aparcada en la puerta principal; camillas con hombres embalados en vendas enrojecidas por la sangre, algunos gemían, otros parecían adormecidos, quizás lo estuvieran para siempre. Una mujer madura, con las tocas de enfermera muy blancas, dirigía la operación, éste a urgencias, ese otro a traumatología, aquél a quemados. Alguna vez se acercaba al herido, le tomaba el pulso, le levantaba el párpado.

—Éste, al depósito...

Isabel se precipitó literalmente en los brazos de Enrique, sin poder evitar unos sollozos.

—Gracias, gracias... —murmuró.

—Vamos, tranquilízate. ¿Cómo está tu padre?

—Parece que bastante bien. El médico nos ha dicho que la herida es limpia; pero hay que evitar la posible infección. Tiene 39 de fiebre; acaba de quedarse dormido... Deben de ser los calmantes.

—Tú también debías tomar alguno...

Fueron hacia el jardín del hospital, recoleto, chiquito, descuidado; se notaba que hacía muchos días que nadie se ocupaba de segar la yerba, de limpiar los arbustos. Natural. Todos tenían cosas más urgentes que hacer. Se sentaron en un banco de piedra; a Isabel le entró de nuevo la llantina.

—¡Pero por Dios, Isa! ¡Si os han dicho que no es para inquietarse...! —Le ofreció su pañuelo limpio; la muchacha lo pasó con cuidado por los ojos.

—No es por eso. Es que, ¡si le hubieses oído cuando llegamos! Estaba como loco; nunca le había visto así. Parecía otra persona, decía palabrotas, se excitaba, intentaba levantarse de la cama...

Se cubrió la cara con las manos.

—La reacción de la fiebre... —justificó Enrique.

Ella negó con la cabeza.

—Se dirigió a mi madre para decirle, con una especie de orgullo, de satisfacción, con mucha alegría también: ¿Sabes?, acababa de cargarme a tres fascistas, venían hacia nosotros corriendo como fieras y yo, pam, pam, pam, uno detrás de otro les revolqué. Saltamos fuera del parapeto y entonces noté como un tirón aquí y caí al suelo; me habían dado los muy cabrones. Una lástima; porque estaba en vena y seguro que me hubiese cargado a varios más...

Enrique no supo qué decir; ella siguió:

—¿Cómo es posible tanta ilusión por matar? Yo quiero mucho a mi padre, siempre te lo he dicho. Con nosotros es cariñoso, dulce; igual que con nuestra madre. ¿Qué le ha ocurrido, qué le han dado para cambiarlo de esta manera? ¿Qué le ha envenenado?

—La guerra; en el frente, todos se transforman, tienen que salvar su vida a costa de las ajenas. Los otros lo harán igual...

—¡Los unos, los otros...! Nos han echado una maldición, Enrique. Yo tengo quince años, pronto haré los dieciséis. —Reparó—. Por cierto, nunca te lo había dicho...

—Ni yo los míos. Coincidimos también en la edad.

—Sólo me importaba mi carrera de comercio, llegar a intendente mercantil, colocarme, ayudar en casa, que falta hace. Vivir en paz, salir con mis amigas, ir al cine una vez por semana... Y hacer muchos proyectos para el mañana, soñar... Eso sobre todo.

Enrique le pasó el brazo por los hombros, acercándola.

—La guerra se acabará algún día... —consoló.

—Pero ya no seremos iguales. Cuando debíamos creer en muchas cosas, confiar en la gente, hemos aprendido de sopetón que la gente es mala, muy mala; toda la gente, esos unos, los de mi padre, esos otros que tú decías, los enemigos. Y acabaremos no creyendo tampoco en casi nada...

Apoyó la cabeza en el brazo del muchacho.

—Tú y yo no somos enemigos, ¿verdad?

—¡Claro que no!

Titubeó Isabel:

—Pero seguro que no te atreves a decirle a tu padre, al burgués, que somos novios. Ni yo al mío, al anarquista...

* * *

Lo sigo recordando algunas veces; más de las que quisiera. Han pasado sesenta años, una vida, varias generaciones. Nada es ahora, por fortuna, igual; ni parecido siquiera. Hicieron falta muchos sacrificios, muchos dolores, para desarraigar los peores sentimientos de esta España con histórica vocación cainita. Quiero pensar que para siempre. Quiero pensar también que nuestros hijos, más aún, nuestros nietos, creerán que semejantes atrocidades nunca pudieron suceder. Pero no es malo que las conozcan, para que se espanten y repudien y desprecien a cuantos fueron capaces de cometerlas. Así, Dios no lo permita, jamás podrán evocar, como hago yo algunas veces, más de las que quisiera, imágenes tan pavorosas como aquellas de mi adolescencia, que todavía llevo metidas en la cabeza y en el alma.

Ocurrió a finales de agosto. Era un día de agobiante calor, ese calor de poniente que en la ciudad se hace asfixiante y lo achicharra todo y agota y deprime y aniquila; un calor como ya no hay. Estábamos Enrique y yo en nuestro cuarto, con las camisetas quitadas, el torso al aire, la ventana abierta de par en par, con la esperanza de un soplo de aire, pero sin recibir otra cosa que un vaho cada vez más abrumador, en forma de neblina densa.

Llegó desde la calle un rumor creciente. No era el alboroto de las manifestaciones, al que tan acostumbrados estábamos. Tampoco la bulla con cornetas y tambores de los desfiles. Se trataba de un murmullo de asombro, un ronroneo hecho de exclamaciones entrecortadas, de gritos reprimidos. El rumor que nos llegaba parecía cargado de miedo, tenía algo distinto a los ruidos callejeros, estrepitosos, festivos, alborozados, que padecíamos habitualmente.

Cuando nos asomamos y pudimos contemplar el espectáculo, el sudor de la frente se nos heló y una manifiesta angustia se apoderó de nosotros. En un acto reflejo, nos abrazamos el uno con el otro, como buscando recíproco amparo y yo quise apartar la vista, cerrar los ojos, pero me fue imposible. Una extraña fuerza me obligaba a seguir mirando, a no perder detalle; quizás para que nunca lo olvidara.

Por el centro de la calzada —la calle es estrecha— avanzaba con lentitud una camioneta de las que se utilizan para transportar materiales. Le habían levantado la lona que suele cubrir la caja, en cuyas cuatro esquinas, otros tantos milicianos, fusil en mano, apuntaban a un grupo de personas, ocho o nueve, que iban en el centro, con las manos atadas con cordeles y adosadas entre sí, sujetas con una soga que rodeaba todos los cuerpos, dando varias vueltas.

Sobre el tapón del radiador había hincada una calavera, un cráneo humano, sujeto de cualquier forma; así que, con el traqueteo del vehículo, se agitaba de continuo y tomaba posiciones diversas y hasta parecía reír macabramente, cuando, con los saltos, las peladas mandíbulas se desencajaban. Y en los laterales de la camioneta, pintada en rojo, se leía esta siniestra inscripción: AL SALER. BIAJE SIN BUELTA. UHP.

El grupo de presos iba en silencio, con los rostros agachados, todos muy pálidos, las manos crispadas y los cabellos revueltos; algunos tenían los labios abultados, enrojecidos, muestras evidentes de haber sido golpeados. Uno de ellos alzó a medias la cabeza, tímidamente, casi vergonzosamente, para dirigir una mirada rápida, huidiza, a los balcones de la casa que quedaba a su derecha. Tenía los ojos cargados de lágrimas.

—¡Es el farmacéutico que vive ahí enfrente...! —se estremeció Enrique al decírmelo a media voz.

Instintivamente miramos hacia aquellos balcones; por fortuna, estaban cerrados. También iban cerrándose los de las demás casas y todas las ventanas y hasta la gente se retiraba de las puertas de los comercios buscando refugio en su interior. El murmullo se había hecho silencio, un silencio aterrorizado, dramático, espantoso. Ni siquiera algunos milicianos que se habían detenido en las aceras osaban decir palabra.

El conductor de la camioneta hizo sonar con furia la bocina y sacó su brazo izquierdo por la ventanilla y levantó el cerrado puño. Los milicianos se limitaron a contestar el saludo, rutinaria, cansinamente. La camioneta avivó la marcha; se agitó la calavera y el motor pareció quejarse; por el tubo de escape salió una bocanada de humo negro, sucio, que se disipó con lentitud.

Estaba a punto de doblar la esquina, camino del Saler, camino de la muerte, cuando un tipo alucinado, borracho debía de estar, salió del bar Lauria y gritó, hecho un basilisco:

—¡Viva la revolución!

Nadie respondió.

* * *

Aquella misma mañana, en París, el socialista Léon Blum, presidente del gobierno, había leído en la Cámara de los Diputados un extenso informe sobre la situación en España, la marcha de las operaciones militares y las dificultades con que se encontraba el gobierno legítimo de la República para hacer frente a la sublevación facciosa. Por lo que solicitaba, con especial énfasis, las autorizaciones precisas para facilitar material de guerra a los heroicos camaradas que con tanto valor y tan elevado espíritu democrático, luchaban por la libertad en el vecino país, frente a la brutal agresión de los militares fascistas.

4

Es el fin de la opresión

(De *La Internacional*)

Pasaba el tiempo con lentitud exasperante; como siempre que deseamos que corra, que se acelere, que anticipe acontecimientos. El miedo, la ansiedad, incluso la esperanza de que, por fin, el drama se acabase, hacían largas las horas, inacabables los días. Ya llevábamos cuatro meses en aquella incertidumbre, en una vida que se nos antojaba provisional, pues nos resistíamos a convertirla en definitiva. Cuatro meses que parecieron siglos. Y, sin embargo, sólo estábamos en noviembre. Noviembre de 1936. Un otoño más melancólico que nunca; frío adelantado; nieblas constantes; mucha lluvia. Como el horizonte de España, turbio, confuso, azaroso.

La situación había mejorado en algunos aspectos. Se terminaron los *paseos*, los asesinatos sin control; quizás porque apenas quedaban víctimas que sacrificar. Aunque seguían llevándose a cabo periódicamente ejecuciones de presuntos facciosos; pero revistiéndolas con apariencias de legalidad. Los Tribunales Populares, recién creados, se encargaban ahora de orquestar una parodia de juicio sumarísimo; un juez venal presidía el grupo de facinerosos que decidían la suerte de los inculpados, en sentencias horras de toda juridicidad. Sin embargo, la grotesca simulación permitía que en la prensa se anunciase, con absoluto cinismo, el cumplimiento de los fallos de aquella presunta justicia.

Largo Caballero, el presidente del gobierno republicano, afrontaba la difícil tarea de organizar un verdadero ejército, disciplinado y con mandos solventes, para terminar con el caos de las milicias. Su sensata decisión tuvo que vencer el cerrado enfrentamiento de los anarcosindicalistas, siempre renuentes a cualquier sometimiento al orden y a la autoridad.

En cambio, el PC apoyó con firmeza el encuadramiento de los milicianos en unidades regulares; en definitiva lo que, por redundante que pudiese parecer, suponía la militarización del ejército. Aunque líder histórico del PSOE, Largo Caballero era considerado, desde las elecciones de febrero, muy proclive al comunismo; incluso le llamaban el Lenin español. Sus agresivos discursos durante la primavera trágica, sólo comparables a los de La Pasionaria en su exaltación de la violencia y la lucha armada como vehículo para desarrollar la revolución del proletariado, justificaban semejante parangón.

De ojos azules, muy claros, gris el ralo cabello, rasgos tenaces, porte de obrero distinguido —no en vano fue estuquista en su mocedad—, Francisco Largo Caballero no había logrado demasiados éxitos en las semanas que llevaba al frente del gobierno. Se le recordaba, vestido con un mono azul, sandalias, sombrero campesino preservándole del sol manchego, fusil en mano, sentado frente al spotter, el prismático telemétrico, dispuesto a solazarse asistiendo el viernes 18 de septiembre a la explosión de la poderosa mina que iba a terminar, por fin, con la resistencia de los defensores del Alcázar de Toledo.

Habían sido invitados al acontecimiento los corresponsales de la prensa extranjera, todos los periodistas de Madrid, operadores cinematográficos y fotógrafos de medio mundo. Cuando las cinco toneladas de trilita estallaron, el cielo se ennegreció y el torreón sudoeste de la fortaleza, que aún quedaba en pie, se vino abajo con estrépito, así como la casi totalidad de la fachada oeste. Los milicianos se lanzaron sobre las ruinas humeantes, seguros de su victoria, ebrios de entusiasmo; entre la emoción de los espectadores de su hazaña, un asaltante clavó la bandera roja en lo alto de los restos de una de las fachadas.

Mas, inexplicablemente, entre los hierros retorcidos y los cascotes y las piedras y los muertos, aparecieron guardias civiles demacrados, soldados famélicos, militares uniformados con despojos, que repelieron con furia el asalto. La bandera fue arrancada muy poco después de izarse. Perplejos, desconcertados ante la insólita reacción de aquellos espectros, los cuatro mil atacantes vacilaron, primero, y después retrocedieron a toda prisa hacia sus puntos de partida. Muchos quedaron en el camino; el Alcázar no se rendía. Jamás se rendiría.

Las imágenes cinematográficas de la explosión dieron la vuelta al mundo. También, las de Largo Caballero, en su fracasada jornada de triunfo. Los periódicos, siempre embusteros, dieron, una vez más, la noticia de que *el reducto faccioso* había sido conquistado por las fuerzas leales. Con su habitual desparpajo, matizarían en los días inmediatos que todavía quedaban *algunos focos de resistencia* en el interior...

Recuerdo que el enorme disgusto que le produjeron a mi padre las primeras informaciones de las radios rojas, se trocó en alegría sin tasa cuando, por la voz de Queipo de Llano, conoció la verdad. Nos despertó a todos, incluso al abuelo, que salió de su cuarto refunfuñando, y quiso que brindáramos con sidra El Gaitero, una sola botella quedaba en la despensa, en homenaje a los héroes del Alcázar. Y el abuelo, que había visto las fotos de la explosión y conocido la versión oficial, soltó una de aquellas expresiones vernáculas que reservaba para ocasiones excepcionales:

—*Quins collons tenen aquests tios...!* (1).

Pedro Serra, según costumbre, acudió a El Capricho para que papá le pusiera al corriente de la

(1)   ¡Qué cojones tienen estos tíos! *(N. del a.)*

actualidad; y lo hizo con la cara más mustia que nunca, no se lo quería creer.

—¿Pero está seguro, Enrique? ¿No será que Queipo mintió para no dañar la moral de la retaguardia?

—Ya no es sólo el general; las informaciones oficiales de Salamanca han confirmado la noticia.

—Resulta increíble; parece un milagro...

Claro que, siempre cenizo, agregó en seguida:

—Aunque la defensa ya no puede durar mucho más. Iría contra toda lógica.

Fue.

*   *   *

Comenzando noviembre, la ciudad cambió radicalmente su aspecto. El gobierno había decidido abandonar Madrid, a cuyas puertas llegaban los soldados de Varela, y trasladarse aquí. Los organismos de la administración central se instalaron en edificios públicos, en palacetes requisados, incluso en casas de vecindad. Con sus funcionarios, naturalmente. Fue un aluvión inesperado, que desbordó todas las previsiones. Pues, además, millares de vecinos de la hasta entonces capital de la República, se trasladaron a la que iba a serlo en lo sucesivo. Huían del hambre, de los bombardeos, de la zozobra de vivir en una ciudad cercada.

Llenaron pensiones y casas de huéspedes, se alojaron en las viviendas de parientes y de amigos, alquilaron habitaciones de desconocidos. Cualquier techo les parecía bien, habituados a la inclemencia de las noches en las estaciones del metro, mientras cañonazos y bombas asolaban la ciudad. Buscaban refugio: por eso se les llamó refugiados.

También los tuvimos en casa. Una tarde, a última hora —las calles estaban oscuras, porque la iluminación se había reducido al mínimo indispensable, como precaución frente a los posibles bombardeos nocturnos de la aviación nacional—, se presentó un matrimonio, con una carta para nuestro padre de un viejo amigo suyo residente en Madrid, con el que mantenía entrañable relación, hasta el punto de que ambos se consideraban poco menos que parientes.

Le pedía que, de ser posible, acogiera al matrimonio Velasco, por el que tenía un interés absoluto y del que respondía en todos los aspectos. (Lo de *todos* venía subrayado.) De forma que, si teníamos alguna habitación libre, rogaba que les alojásemos en ella; por supuesto, mediante el pago de la cantidad que se acordara. Eso no iba a ser problema, decía, subrayando también el párrafo.

Mi padre les recibió en el salón.

—Como comprenderán, esto me coge muy de sorpresa. Además, no les oculto que se me hace un tanto raro lo de convertirme en posadero...

—Es natural; aunque más difícil todavía ha sido para nosotros dejar el piso donde vivimos toda la vida.

—Por supuesto. Pero es que, además, no me parece correcto cobrarles ninguna pensión...

—¡Ah, no, no! —protestó el marido—. Ésa es condición *sine qua non*. Vamos a hacer un gasto indudable, las comidas, el lavado de la ropa, la luz... Y comprendemos, sobre todo, que la molestia de convivir con unos extraños no puede tasarse. Por fortuna... —rectificó con una sonrisa—; bien, entre nosotros debemos decir gracias a Dios, puedo permitirme abonar el precio que acordemos.

—De todos modos, ¿me permiten que consulte con mi mujer?

—Naturalmente; ella será la más afectada...

La decisión fue favorable. Donde comen seis, pueden comer ocho —dijo mamá—, y si los seis no tenemos qué comer, tampoco lo tendrán los ocho. Tu amigo los avala sin restricciones; luego, deben de ser buena gente. Gente de derechas y religiosa. Además, unas cuantas pesetas al mes no nos vendrán nada mal; pues los precios se están poniendo por las nubes y a ti no te suben el sueldo. Les podemos colocar en la habitación de los huéspedes, que de esta manera servirá para algo. Y bien pensado, estaremos cumpliendo una de las obras de caridad, dar posada al peregrino.

Por sesenta duros al mes, todo hay que decirlo. Aunque el precio les pareció módico. A Enrique y a mí nos cayeron bien desde un principio. Don Efrén, así se llamaba el marido, nacido en Carabanchel, era catedrático de latín; más exactamente, lo había sido, porque los del ministerio le cesaron a poco del alzamiento. Ella, doña Rosa, una madrileña del barrio de Salamanca, debía de tener posibles, pues lo primero que hizo fue pedirle a nuestro padre que le guardase en la caja fuerte una bolsa con alhajas.

Poco tardó en establecerse entre ellos y nosotros una corriente de simpatía mutua, que acabaría haciéndose amistad sólida: duraría hasta muchos años después. Esto de las amistades nacidas como consecuencia del éxodo madrileño fue, entonces, uno de los fenómenos más característicos en la ciudad. Se produjo una ósmosis afectiva entre los refugiados y sus receptores, que perduró una vez vuelta la normalidad. También hubo matrimonios entre los hijos de unos y otros.

Don Efrén, rota la inevitable violencia de los primeros días, nos contaba sucedidos del Madrid de su alma; donde la barbarie también había sido espantosa.

—Y cuando parecía que se acababan los asesinatos, la llegada de los nacionales a la Casa de Campo desató una ola de violencia horrible. ¿Se enteraron de lo de Paracuellos?

No nos habíamos enterado.

—En los últimos diez días, han fusilado allí, cerca de Torrejón de Ardoz, a más de ocho mil presos. Sí, sí: ocho mil, no exagero; quizás me quede corto. Les trasladaban en autobuses del servicio público y les ametrallaban junto a unas fosas previamente ex- cavadas. Hay muchas personas conocidas entre los asesinados; por ejemplo, el gran escritor Pedro Mu- ñoz Seca.

—Y el gobierno, ¿no puede evitarlo?

—El gobierno se habrá enterado aquí, después, a cosa hecha. En Madrid sólo manda ahora la Junta de Defensa, que preside Miaja.

—Es un militar de carrera; no puede consentir se- mejantes desmanes...

—A él sólo le preocupa la defensa de Madrid, que por cierto la está llevando espléndidamente, mal que nos pese. En las cuestiones de orden público, deci- de Santiago Carrillo, el comunista. El cual no movió un dedo para evitar el holocausto, a pesar de que duró, como les decía, varios días y fue conocido en toda la ciudad. Que está convertida en feudo del co- munismo; para que nadie lo dude, bajo los arcos de la puerta de Alcalá han colocado tres gigantescos re- tratos de Stalin, Vorochilov y Litvinov, la estrella roja con la hoz y el martillo y una aclamación harto ex- presiva: ¡VIVA LA URSS!

Tampoco sabíamos detalles de la huida del go- bierno hacia nuestra ciudad.

—Al llegar a Tarancón la caravana de coches en la que viajaban los ministros la detuvieron los milicia- nos. Querían hacerles regresar a Madrid; les insul- taron, les llamaron cobardes, algunos llegaron a es- cupirles. Tuvo el presidente del gobierno que impo- ner su autoridad al coronel Del Rosal, que mandaba la sediciosa tropa, convenciéndole de que el trasla- do se efectuaba por altas razones de estado. Aun así, los anarquistas López y Peiró no pudieron continuar; a la fuerza les obligaron a volver grupas. Prieto, como es más listo, hizo el viaje en avión...

Sonrió don Efrén al recordar:

—También hicieron volverse al gordinflón de Pe- dro Rico, el alcalde socialista de Madrid. Estaba tan asustado, que nada más llegar, se refugió en la embajada de México, que estaba llena de falangistas y de militares acogidos a la extraterritorialidad. Finalmente, huyó a Francia, escondido en el maletero del coche del Nili, el antiguo banderillero de Belmonte. ¿Se imaginan lo que debió de costar embutir sus ciento y pico kilos en tan reducido espacio?

Nos reímos; pero don Efrén se puso después muy serio, para decir:

—Lo grave ha sido la llegada de las Brigadas Internacionales. Por mucho valor que le echaran los milicianos que defendían Madrid, que hay que reconocer que lo tienen y grande, difícilmente hubiesen podido resistir sin la ayuda de esos mercenarios... Y de su espléndido material.

* * *

Ciertamente, algunos se habían alistado por puro idealismo, en la convicción de que venían a España a coadyuvar en una lucha de los demócratas contra los totalitarismos nazi / fascistas. Eran los ingleses, los irlandeses, bastantes norteamericanos de la Brigada Lincoln. Las campañas de la prensa de sus países, casi absolutamente volcada en favor del gobierno que llamaban legítimo, habían estimulado sus nobles intenciones y azuzado su juvenil inclinación a la aventura y llegaban imbuidos de la certeza de que iban a jugarse la vida por defender la libertad del pueblo español.

Pero la inmensa mayoría de quienes integraban las Brigadas Internacionales no eran otra cosa que maleantes sin patria y sin ideal, reclutados por los partidos comunistas europeos entre sus militantes más arrojados. Pues se trataba, en realidad, de una expedición proyectada, organizada y dirigida desde Moscú; de ahí que todos sus mandos, sin excepción, fuesen líderes extranjeros del PC, expertos en acciones subversivas, fieles a la doctrina estalinista, que recibían órdenes y consignas directas del Kremlin y actuaban con plena autonomía respecto de los mandos militares españoles; incluso en muchas ocasiones les impusieron sus propios criterios estratégicos. El historiador norteamericano David T. Cattell los definió certeramente como *una fuerza soviética en España*.

Los internacionales, así se les llamó siempre, entonces nadie les dijo *brigadistas*, acamparon en Albacete, donde quedó instalado su cuartel general. Les mandaba un comunista francés de extenso historial al servicio del partido, André Marty. Quien impuso a sus soldados desde el primer momento una disciplina férrea, tan inflexible, que realmente se convirtió en trato feroz, inhumano. Sabía bien la clase de tropa que mandaba y por eso la adoctrinó sin reparar en medios. Fueron muchos los soldados sometidos a castigos atroces; sin la menor vacilación hizo fusilar a los más insumisos. Por todo ello, Marty fue pronto conocido con el triste apelativo de *el carnicero de Albacete*.

Las Brigadas Internacionales devolvieron a la zona roja una moral que comenzaba a flaquear. Desfilaron por las calles de Madrid apenas llegadas, y su arrogancia, su vestuario excelente, sus recias botas, su armamento, todo, era tan distinto, tan superior a la dotación de las milicias recicladas en ejército popular, que la población adicta quedó impresionada, redoblando de inmediato su espíritu de resistencia.

Su actuación a la hora de la verdad tuvo altibajos. Comenzaron demostrando valor, óptima preparación y mucho entusiasmo; efectivamente, su aportación resultó decisiva para la defensa de Madrid, aquel noviembre del 36. Pero a medida que avanzó la guerra y llegaron las derrotas y las retiradas, púdicamente edulcoradas en los comunicados oficiales como *rectificación de líneas*, los internacionales fueron perdiendo empuje y, sobre todo, fervor. Les habían metido en una aventura bien pagada, que parecía incluso llena de alicientes y, desde luego, de corta duración. La realidad estaba resultando muy distinta.

Por eso, porque las cosas en España, en la España roja, se parecían bien poco a lo que habían soñado, los voluntarios idealistas, los de buena fe, se desilusionaron pronto. Y regresaron a casa con la amargura metida en los corazones. Aquí continuaron los otros, los mercenarios, los servidores de Moscú. A quienes España y los españoles nunca les importaron nada; quizás por eso, sus relaciones con el pueblo fueron siempre frías, distantes, meramente convencionales.

Con los militares españoles todavía se llevaron peor. Tío Jaime nos lo había contado, cuando vino a vernos durante un breve regreso del frente. Pues, finalmente, tuvo que dar el callo y tomar el mando de su batallón y participar en los combates. Lo hizo con valentía, porque era muy bragado; hasta el punto de merecer felicitaciones de sus superiores. Aunque no estaba satisfecho.

—Al aceptar estas insignias, sabía lo que me jugaba. Por mucho que Rogelia pretendía tranquilizarme, diciéndome que la sublevación militar era cosa de días; entonces, la verdad, todos lo creíamos. Pero la rebelión ha terminado en una guerra absoluta, total. Y yo, ya me conocéis, siempre he hecho frente a mis decisiones, he asumido mis actos, por insensatos que fuesen, que muchas veces lo han sido… Ahora hubo que irse a las trincheras, a pegar tiros; pues allí me he ido.

Mi padre le miraba con cariñosa preocupación.

—No me arriesgo más de lo necesario, eso desde luego. Pero cumplo con el deber que me exige esta sardina…

Señaló el grueso rectángulo dorado que lucía en la manga. Porque en la reorganización del ejército popular, los antiguos distintivos de mando, las estrellas de seis o de ocho puntas, se habían sustituido por unas rayas rectangulares, en mayor o menor número y grosor, según correspondieran a jefes u oficiales. También había cambiado el saludo militar;

ahora se llevaba el puño izquierdo cerrado a la sien, en lugar de la palma de la mano derecha. La simbología comunista se completaba con la estrella roja en las gorras de plato.

Jaime nos había traído nada menos que un jamón y latas de carne en conserva, *corned beef* decía en su envoltorio.

—Esto tiene historia. Estuvo a punto de costarme un disgusto serio con un sargento de los internacionales que lo había robado en un almacén de intendencia. Como no hablaba más que ruso, sólo pude convencerle para que me las entregase, amenazándole con mi pistola. El argumento le persuadió en seguida.

—¿Qué tal os lleváis con ellos? —le preguntó mi padre.

—Tenemos escasa comunicación. Además, muy pocos son capaces de entender el castellano. Hacen rancho aparte en todo; y sus jefes, en el fondo, nos desprecian, se consideran superiores a nosotros. Pero su ayuda, qué duda cabe, está resultando muy valiosa.

Don Efrén y doña Rosa llegaron de la calle mientras charlábamos y se llevaron un buen susto, al encontrarse con un jefe militar de gran uniforme y debidamente armado.

—Es mi hermano Jaime... —presentó papá.

El tío les saludó muy finamente, pues le sobraban modales, mientras recibía la pertinente explicación:

—Los señores de Velasco están viviendo en casa, como refugiados. Vinieron de parte de mi querido amigo Lucas Martín, creo que tú le conoces. Debo decir que son un matrimonio encantador...

Al irse Jaime, fue inevitable ampliar las justificaciones.

—Mi hermano es una gran persona, pero tiene sus ideas; desde luego, nada que ver con esta gentuza, aunque sea socialista por convicción.

—Lo cual merece un respeto... —apostilló don

Efrén mientras Enrique y yo nos aguantábamos la risa.

Empezamos a salir muchas mañanas con don Efrén, que deseaba conocer la ciudad y se afligía enormemente cada vez que pasábamos por una iglesia destruida. Algunas se estaban utilizando como almacenes militares y desde la calle se veían sus bóvedas ennegrecidas, los huecos donde estuvieron los altares llenos de cajones apilados e incluso cuadros de santos, cuadros artísticamente valiosos, cubiertos de hollín.

Enrique sabía inventarse excusas estupendas para que al catedrático no le pareciese extraño que algunos días tuviera que alejarse un tiempo de nosotros; lo aprovechaba para reunirse con Isabel, en los pocos ratos que ella tenía libres. Porque su padre, curado de las heridas, había vuelto al frente, tras ascender a sargento, y estaba encuadrado en una de las nuevas unidades de infantería. La chica trabajaba ahora desde las ocho de la tarde a las dos de la madrugada en una fábrica de armas que habían instalado en un pueblo próximo a la ciudad. Así que sus encuentros con mi hermano eran más difíciles, casi siempre a última hora de la mañana. Seguían la mar de enamorados.

Precisamente acababa Enrique de dejarnos, esta vez con la excusa de recoger un certificado en Correos, cuando don Efrén avistó en la acera de la calle de la Paz a un señor de mediana edad, con las solapas del abrigo subidas hasta la barbilla y cubierto con una gorra oscura.

—¡Don Ricardo! —le llamó—. ¡Eh, don Ricardo...!

El de la gorra levantó la vista, que traía baja, dibujó una sonrisa de agradable sorpresa y se nos acercó.

—¡Pero qué casualidad! No sabía que estuviese también por aquí —le dijo don Efrén mientras le estrechaba reiteradamente la mano.

—Pues aquí me tiene... —hablaba a media voz—. Desde hace ya más de tres meses.

—¿De modo que no se ha venido con la emigración masiva?

El llamado Ricardo miró con disimulo a su alrededor; no pasaba nadie. Siempre en un susurro, contó:

—No; me escapé de Madrid a finales de julio, después de pasarme escondido todo el tiempo, en casa de unos parientes, en Aravaca. Iban por mí, ¿comprende? Pude llegar hasta aquí y aquí estoy, con un nombre supuesto, una añagaza pueril, pues me he cambiado el orden de los apellidos, García López, por López García. En la guía de teléfonos los hay a centenares...

—Vaya, vaya...

—Doy clases en una academia; de caligrafía, imagínese. El director y los demás profesores son gente de plena confianza; incluso uno de ellos es un cura emboscado. La verdad, me sentía muy a gusto; en esta ciudad nadie conoce mi verdadera identidad. Mis alumnos proceden también de familias adictas —sonrió—. Me aprecian mucho; les cuento anécdotas del mundo de los toros, les hablo de arte... Lo de menos es la letra gótica. Además, ya saben que para conseguir buenas notas, les basta con regalarme cigarros, a ser posible, de hebra.

—Pues lo celebro de veras...

—Sin embargo... —Volvió a mirar en derredor—. Desde que se ha venido aquí el gobierno y con él, tanta gente de Madrid, estoy preocupado. Lo mismo que usted me ha reconocido, puede hacerlo cualquier día alguno de los que me la tienen jurada. De la camarilla de Largo o de Azaña. O, simplemente, un periodista rojo... Por supuesto, no he dibujado un solo trazo desde que llegué; mi estilo es inconfundible y podría delatarme...

Don Efrén me puso en antecedentes, una vez se despidieron.

—Es un famoso crítico taurino y un gran dibujante, que se firmaba K-Hito. Sus caricaturas en *Gracia y Justicia* se hicieron célebres; así como la mordacidad de sus chistes contra los políticos de izquierdas, contra Azaña, especialmente. Se decía en Madrid que al gobierno le fastidiaban más las críticas sarcásticas del semanario, que todos los discursos de la oposición... Comprendo sus temores; es una pieza muy codiciada para éstos...

Pasamos frente al consulado de Italia; el domicilio de Miguel Labernia, o sea. Ya no estaba izada la bandera y también había desaparecido el rótulo que anunciaba las oficinas consulares. Estaba claro; mi amigo y su familia habían conseguido salir de la ciudad. No pude evitar un cierto sentimiento de envidia.

*　*　*

Una tarde, después de cerrar la tienda, Paco le indicó a mi padre:

—Quisiéramos hablar con usted; es importante.

Se reunieron con él en el despacho del entrepiso los tres dependientes. El más veterano expuso la cuestión:

—Mire, es evidente que desde que nos encargamos de llevarlo, el negocio marcha mal. Al principio pensamos que era por la situación, todo el jaleo aquel de las primeras semanas. Pero ahora que parece que vuelve a haber cierta normalidad y otras tiendas han comenzado a animarse, la nuestra no levanta cabeza. A pesar de los refugiados y de los funcionarios del gobierno, que tendrían que haber aumentado la clientela...

Hablaba con embarazo, como avergonzándose de la confesión.

—Por si algo faltara, a Lucio le han movilizado la quinta y se marchará la semana que viene; ni éste ni yo sabemos de cuentas, que él, mal que bien, las iba llevando...

Los otros asentían con la cabeza, sin intervenir en la conversación. Tras una pausa violenta, siguió Paco:

—Así que hemos pensado proponerle que se haga usted cargo de la dirección del negocio. De una manera privada, claro; la cosa quedará entre nosotros, sin que tenga por qué meterse el sindicato. Además, sabemos que ya lo han hecho en otros comercios. Naturalmente, le subiremos el sueldo; pero de momento no podrá participar en los beneficios, porque eso quedaría muy descarado y nos comprometería a todos... Oficialmente, el control continuará.

Calló y respiró muy hondo, como si se hubiese quitado un peso de encima. Calatayud también estaba en silencio; pasaron unos segundos tensos. Paco interrogó, con evidente preocupación:

—¿Qué le parece, don Enrique?

Por fin respondió:

—¿Qué me va a parecer? El Capricho siempre lo he considerado mío y por eso siento más que vosotros lo que está pasando; no por el dinero, que está claro que seguiré sin verlo, sino por el prestigio de la tienda.

—Entonces... ¿acepta?

—Vamos por partes. Tenéis que darme plenos poderes en todo lo referente a la dirección comercial. O sea, que las cosas quedarán como antes: no aceptaré ninguna intromisión.

—De acuerdo, de acuerdo, don Enrique.

—¿Qué sueldo pensáis pagarme?

Vaciló Paco, antes de decir:

—Cuatrocientas pesetas mensuales...

—No os pasáis de generosos... Pero, en fin, tampoco el momento está para alegrías. ¿Queda claro que haré y desharé a mi antojo?

—Por supuesto: como si fuera el único dueño.

Sonrió Enrique con cierta amargura y les ofreció la mano.

—Conforme. —Hablaba de nuevo Calatayud—. Debo reconocer que os habéis portado bien conmigo durante estos meses tan difíciles. Siempre os lo tendré en cuenta, porque en otros sitios, las cosas han sucedido de forma muy distinta. Me satisface poderlo agradecer.

—Usted sabe que le apreciamos...

—Lo mismo que yo a vosotros. Y confío en que esta experiencia os haya servido para aprender lo mucho que mienten los políticos; porque en este mundo, digan ellos lo que digan, no todos somos iguales. Tú, Paco, por ejemplo, eres mucho mejor dependiente que yo. Pero de comprar géneros y de valorarlos y de hacer la propaganda, no tienes ni idea... Ni tú, Lucio, eres capaz de sacarle un crédito al banco, en buenas condiciones; aunque también seas un estupendo dependiente, con clientela propia...

Los aludidos sonrieron por todo comentario.

—Bien, pues para empezar, tendré que marcharme a Barcelona. Sí, no pongáis esas caras. Los viajantes han dejado de venir a ofrecer su mercancía, de forma que no hay más remedio que ir a buscarla. Sin ella, los escaparates seguirán vacíos; y los escaparates vacíos no venden. Dime, Lucio, ¿qué dinero hay en la cuenta...?

* * *

Doce horas de tren. Doce horas encajonado en un vagón de tercera clase, de rígidos asientos de madera, recibiendo toda clase de olores acres, flatulentos, de cochiquera. Sin poderse mover apenas; cuando la necesidad aprieta, hay que salvar el obstáculo de las maletas, de los bultos que se amontonan en el suelo y de los soldados, los campesinos sudorosos, las mujeres gordas que llenan el pasillo. Y mear con la puerta entreabierta, siempre hay un pie, un fardo, algo que impide cerrarla, pero se agradece, porque el retrete rebosa de mierda, la cisterna no funciona, por la ventanilla abierta entra el humo guarro que va soltando la locomotora.

Largas paradas en las estaciones, empujones de los que quieren subir contra los que pretenden bajar. La pareja de la Guardia Republicana, ahora llaman así a la Guardia Civil y le han suprimido el tricornio, malcumple la obligación de pedir los salvoconductos; al final del trayecto, el control sí que será severo. Por fin el expreso llega a Barcelona; Enrique se queda en el apeadero de Gracia. Talmente parece salir de una mina de antracita, llena la cara de carbonilla, rojos los párpados, hirsuto el pelo.

En la pensión no hay agua caliente; al terminar de ducharse, amengua la tiritona frotándose con colonia, menos mal que su mujer le metió un frasco en el maletín. Cepilla el traje, sólo se ha traído uno, total para dos días, nunca pensó cómo quedaría después del viaje. La ventana da a la plaza de Cataluña, que hierve de gentío, aunque la luz es poca; precaución frente a los bombardeos, alguno se ha padecido ya. Da un paseo por las Ramblas, también muy animadas. Banderas rojas, señeras, banderas anarquistas, alguna tricolor. Letreros en catalán, pidiendo solidaridad con los heroicos defensores de Madrid. Muchos milicianos todavía; bastantes más que en su ciudad, porque aquí la CNT, la FAI, el POUM, siguen teniendo fuerza.

La visita a los fabricantes es positiva. Le sorprende que sigan al frente de las pequeñas empresas sus conocidos de siempre; sí, claro que hubo incautaciones, aunque sólo en las grandes industrias se hicieron de verdad ¡y de qué manera! Pero, mire, amigo Calatayud, nosotros nos pusimos en seguida de acuerdo con el personal, dejaos de gaitas, nos repartiremos los beneficios, pero ¿qué sabéis vosotros del negocio? Y así funcionamos; claro que los patronos nos hemos tenido que apretar el cinturón, pero estamos en el puente de mando, ¿usted lo entiende, verdad?

El ambiente político es tenso; en las calles, en las conversaciones, en las miradas se pulsa el irreductible enfrentamiento entre comunistas y anarcosindicalistas. A éstos les están comiendo el terreno, que en los primeros meses dominaron, pues no en vano fueron ellos quienes dieron la cara frente a los militares sublevados y ahogaron la rebelión. Pero después quisieron poner en práctica sus teorías, implantaron en los pueblos de Aragón fieles a la República las colectivizaciones agrarias y, en vez de irse a conquistar Huesca, perdieron el tiempo adoctrinando a los campesinos sobre las ventajas de la propiedad en común. Se hartó el gobierno y echó mano de su apagafuegos, Enrique Líster, que en un suspiro metió en cintura a los libertarios, acabó con sus experiencias y les mandó al frente, tras la normal (en él) represión.

—¿Y la *Generalitat*?

—Ésa es la otra, *miri*, el gobierno central está indignado con Companys, opina que no colabora en la causa común, que sólo le importa la guerra de Cataluña. Y Companys, a su vez, despotrica del gobierno central, porque considera que le están quitando competencias. Uno por el otro, la casa por barrer y quienes acabarán mandando, ya lo hacen mucho, serán los comunistas.

Habló más de política que de negocios, porque éstos los resolvió pronto, en cuanto aceptó los precios sin discutir y aseguró pagar al contado.

A pesar de aquellas conversaciones, nunca supo a qué carta quedarse respecto de la posición de sus proveedores en cuanto a la guerra civil. Por supuesto, todos eran gente conservadora, de orden; pero no filtraban ningún comentario que permitiese adivinar en ellos simpatías francas hacia los nacionales. Cuantas veces intentó sacar el tema de los asesinatos, de los excesos de los primeros meses, quitaban hierro al tema.

—Ya lo creo que se hicieron animaladas; más que cuando la Semana Trágica. Pero ya se sabe cómo son las revoluciones, que se imponen los exaltados y se dedican a matar curas, a quemar iglesias y a perseguir a los ricos.

La conclusión era clara: tenían miedo, un miedo atroz a revelar sus verdaderos sentimientos. Precisamente porque en los primeros meses, el terror, en Barcelona, se desencadenó con enorme violencia. Y todos seguían asustados, sabedores de que la *Generalitat* carecía de cualquier autoridad para preservar el orden, de que las checas comunistas estaban en pleno funcionamiento, de que cualquier día, la rivalidad con los del POUM, el odio de los comunistas, podían desembocar en otra guerra, dentro de la guerra. Tardaría pocos meses en estallar: iba a ser en mayo.

Solamente encontró dificultades comerciales con Fábregas, el fabricante de bisutería. Los regateos fueron largos; al final hubo acuerdo y el proveedor le dio la enhorabuena por haberse salido con la suya, palmeándole en la espalda y comentando:

—Es usted muy listo, querido Calatayud. ¡Y tanto que lo es! Haciéndose el tonto, eso sí. Pero tiene de tonto lo que Quimet, *el Ximple...*

* * *

Le llamaban *ximple*, tontito, porque lo era. Una meningitis infantil le dañó el cerebro y retrasado seguía siendo, a sus cerca de cincuenta años. En el barrio le querían todos, por su bondad, por su misma discapacitación. Hijo único de madre viuda, sus rarezas causaban entre los conocidos, que eran muchos, compasión y guasa por partes iguales.

Así, cuando a raíz del triunfo electoral del Frente Popular, dijo haber sentido una llamada de Dios Nuestro Señor, que por intercesión de la Virgen de Montserrat le pedía que se entregase a la salvación de las almas. Recorrió el barrio haciendo proselitismo religioso, entre la chufla de los vecinos. Gracias a que se conocía su deficiencia mental, salvó la vida, ya en plena revolución, la mañana en que se fue al destruido convento de las Adoratrices, donde los milicianos habían desenterrado las momias, decían que eran de monjas torturadas, y las tenían expuestas al público como prueba del oscurantismo clerical.

Quimet llegó, se hincó de rodillas frente a los cadáveres amojamados y oró en alta voz por las almas de los profanadores; a punto estuvo de matarlo allí mismo uno del POUM, pero intervinieron conocidos, su anciana madre llegó acongojada y todo terminó entre bromas crueles acerca de las chaladuras de aquel pobre tonto.

A mediados de agosto, Quimet *el Ximple* sorprendió al vecindario al aparecer un día vestido de miliciano de la CNT, con toda clase de emblemas y brazaletes. Explicó que acababa de tener otra revelación divina; ahora la Virgen de la Merced, en colaboración con Jesucristo, su hijo, le había manifestado que las verdaderas raíces del cristianismo se encontraban en el anarquismo libertario, por lo que le encomendaba que emprendiera campaña difundiendo entre las gentes la religión confederal.

Se paseó por Barcelona, haciendo discursos y sermones, organizó una colecta para comprar útiles de propaganda y cuando pudo adquirir un cubo, una brocha y varios litros de pintura roja, se dedicó con ahínco a pintar por las paredes vivas a la CNT y al Dios libertario. Al cabo de unos días de proselitismo urbano, la gente se reía mucho con él, que jamás perdió la compostura, imbuido de su sublime misión, echó a andar por la carretera de Francia.

Más de veinte días anduvo de pueblo en pueblo, colocando sus prédicas, llenando las fachadas con propaganda de la religión confederal. En un periódico de Gerona le dedicaron foto en primera página, con un pie en el que se elogiaba al adalid de la fe libertaria. Así llegó hasta la frontera, dejó sus pintadas en la misma caseta de la aduana, confraternizó con los carabineros, que se divertían tantísimo con el pobre tonto, cruzó la raya y apareció en Portbou. Volvió la mirada hacia Cataluña e hizo un enorme corte de mangas, él lo llamaba *una butifarra*, dedicado a sus camaradas libertarios. Y se fue a buscar a unos parientes lejanos que tenía en la ciudad francesa.

* * *

A mi hermano se le acabó la bicoca de sus clases al vecino de arriba; los padres de Tinín decidieron marcharse a vivir a un pueblecito de la provincia de Alicante hasta que la situación se normalizara. Don Evelio estaba tan satisfecho de los progresos que su hijo había hecho en la lectura, que al liquidarle a Enrique la última mensualidad, le agregó un duro como gratificación.

Llamó inmediatamente a Isabel para contárselo.

—... y como estoy rico, el sábado, que tú no trabajas, iremos al cine, que ya va siendo hora.

—No puedo; tengo mucho que hacer en casa. Nos veremos un rato, como siempre, y nada más.

—Ni hablar; quiero que pasemos juntos toda la tarde. Ya tengo pensada la coartada para mi padre.

—Pues créeme que lo siento, pero no podrá ser.

—Tendrá que ser; como nos veremos a la una, ya te convenceré.

No la convenció. La discusión debió de ser dura, porque los dos tenían mucho carácter. Terminaron tan enfadados, Enrique sobre todo, que Isabel se marchó llorando sin siquiera darle su habitual beso en la mejilla y mi hermano llegó a casa hecho una furia y se tumbó en la cama y se pasó una hora callado, mirando al techo, con los ojos enrojecidos.

—Pero bueno, ¿qué te pasa? —tuve que preguntarle.

—No te importa; tampoco podrías entenderlo —contestó con muy malos modos.

—¡Ah, vamos! —me guaseé—. Problemas del corazón...

—No te rías, que te puedo dar un guantazo...

—Bueno, hombre, no te pongas así. ¿Es que has reñido con Isabel?

—Sí.

—Pero... ¿reñido, reñido? ¿Para siempre?

—No lo sé.

Volvió a quedarse en un silencio mustio, que no me pareció oportuno interrumpir. Al rato se oyó el teléfono; como si tuviera una premonición, Enrique se levantó de un salto y, al salir corriendo por la puerta, se tropezó con Amparo, que venía a avisarle.

—Te llama..., bueno, ya veo que lo estabas esperando.

En esta ocasión, el diálogo duró más de lo acostumbrado. Cuando regresó al cuarto, mi hermano era otro. Había recobrado la sonrisa, las mejillas tenían su sonrosado normal, los ojos ya no le brillaban. Volvió a tumbarse en la cama.

—¿Qué? ¿Todo arreglado?

—Pues claro que sí. ¿Pero qué te habías creído? —como si la culpa hubiese sido mía.

—Entonces, enhorabuena...

—He sido un burro. Isa tiene toda la razón. Y se lo he reconocido y se ha puesto muy contenta. Es estupenda, Eduardo; una chica maravillosa.

Se abrazó a la almohada y hasta le dio un beso. El primer amor, ya se sabe.

* * *

Lo pasábamos muy bien en las sobremesas, que nuestro padre apenas podía disfrutar, porque a las tres en punto se iba a la tienda; nosotros nos quedábamos con el abuelo y don Efrén, charlando de mil cosas. Ellos habían hecho buenas migas, porque el catedrático también era republicano de siempre, aunque reconoció que en febrero había votado a las derechas.

—Es que si yo llego a imaginarme que iba a pasar lo que ha pasado, quizás también lo hubiera hecho —admitió el abuelo.

Papá, que ya estaba de pie, dispuesto a marcharse, le dijo:

—Por cierto, don Luis (siempre le daba ese tratamiento a su suegro), no le había contado que Balanzá, el del bar, consiguió los pasaportes y se fue a Francia con su mujer y con su hijo, hace ya dos días.

—Pero, ¿y el negocio?

—Para él es más importante la tranquilidad. Además, no tiene problema económico; en la otra zona hay gente dispuesta a ayudarle en cuanto necesite.

Balanzá estuvo apenas unas horas en Perpignan; inmediatamente cruzó la frontera de Hendaya y se presentó en San Sebastián. Huía de la zona roja porque era un republicano convencido y honrado, un republicano de toda la vida. Apenas llegó a la capital donostiarra, alguien, los felones no eran exclusivos de uno solo de los bandos, le denunció. Y en la zona nacional le detuvieron y le metieron una temporada en la cárcel, por ser un republicano convencido y honrado, un republicano de toda la vida.

Que así fue el drama en aquella guerra. Un coronel jefe de los servicios médicos del ejército republicano podía tener un hijo luchando en las trincheras contrarias, al mando de una centuria falangista. Hermanos militares se disparaban entre sí, defendiendo ideales opuestos con igual convicción. Se repetían los mismos apellidos en las dos zonas, sólo que en posiciones de irreductible antagonismo.

Los hermanos Machado sirven como ejemplo paradigmático. Manuel, en Salamanca, agotaba todos los epítetos ditirámbicos en sus sonetos de homenaje al Generalísimo Franco. Antonio, en Valencia, no tenía empacho en prostituir su inspiración, para humillar su pluma frente a Enrique Líster: *si mi pluma valiera tu pistola de capitán, contento moriría...*

José Antonio Primo de Rivera, en su impresionante testamento, dejó constancia de su dolor ante tanta sangre vertida, *por no habernos abierto una brecha de serena atención entre la saña de un lado y la antipatía de otro.* Indalecio Prieto escribió que en España no se confrontaron con serenidad las respectivas ideologías, para descubrir las coincidencias y medir las divergencias, *a fin de apreciar si éstas valían la pena de ventilarlas en el campo de batalla.*

Nadie les hizo caso.

La mujer de don Efrén se lo había comunicado a nuestra madre con absoluto misterio; ni siquiera sus maridos debían enterarse.

—... porque ya sabe cómo son los hombres. Ellos no le dan tanta importancia a las cosas de la religión. Y se asustarían, ya que, desde luego, siempre hay un riesgo. Aunque me dicen que todo está muy bien organizado, que el secreto es absoluto.

—Y, en todo caso, Dios proveerá, doña Rosa. ¿Dice usted que es en la calle de las Barcas?

—Sí; casi enfrente de donde han instalado el ministerio de Estado, ya ve qué curioso...

De una ventana del segundo piso cuelga la reproducción a gran tamaño y en relieve de un pie desnudo. Y un letrero debajo: MÉDICO CALLISTA. Más enfáticamente, la placa del portal anuncia: *Dr. Bonet. Cirujano podólogo.* El piso tiene seis habitaciones; es uno de aquellos pisos antiguos de techos muy altos y con miradores a la calle. Y desde antes de la guerra estaba, notoriamente, dedicado a la clínica. La consulta de uno de los más notables pedicuros de la ciudad.

Aunque en las últimas semanas, la normal actividad del doctor Bonet se había ampliado considerablemente. El callista, pedicuro o podólogo, qué más da, tenía un hermano sacerdote en Cuenca, que escapó de allí a finales de julio y vino a refugiarse en su casa. Es un cura joven, animoso, valiente y con un inmenso celo pastoral. Que se ha impuesto el deber de seguir ejerciendo su ministerio en la clandestinidad.

La clínica va a servirle como centro de sus actividades furtivas. En realidad, la clientela habitual de su hermano ha bajado sensiblemente; salvo casos de gravedad, la gente no tiene ganas, ni humor, ni dinero para ocuparse de los callos o de los juanetes. La dolencia más extendida, por el frío y la falta de calefacción y aun de braseros, que el carbón escasea, son los sabañones. Y ésos se curan o, al menos, se amengua su picazón con las pomadas que las farmacias anuncian con gran despliegue publicitario.

El doctor Bonet ha reducido sus horas de visita a las tardes. Su hermano ocupa las mañanas. Vestido con bata blanca, le ayudan en su tarea, asimismo uniformadas, dos enfermeras ya maduras, Ángeles y Consuelo; en el convento, sor Angustias y sor Enriqueta. También huidas, también emboscadas en la ciudad. La *clientela*, ni que decir tiene, se selecciona escrupulosamente: personas, mujeres mayormente, de absoluta confianza y total discreción.

A las que el padre Bonet confiesa y da la comunión. El sacramento de la penitencia lo imparte sentado en el blanco sillón donde, por las tardes, su hermano remodela los deteriorados pies de sus pacientes. Las santas formas se guardan en una caja de esparadrapo.

Pero el intrépido sacerdote quería llegar a más. Consiguió un carnet como médico del partido sindicalista de Ángel Pestaña, el más moderado de todos, que le permitió circular con cierto desahogo. Así, pudo ampliar su actividad al exterior: visitas domiciliarias, pudiéramos decir, para casos extremos. Se estableció una clave para pedir los sacramentos: las *ampollas de aceite alcanforado* eran la Santa Unción para moribundos; *las píldoras*, la eucaristía; *el laxante*, la penitencia.

La audacia del buen cura no tuvo límites. En cierta ocasión, requerido para confesar a una muchacha tuberculosa que se estaba muriendo en el hospital, acudió con presteza. La enferma ocupaba una cama en una sala, junto a otras veinte más. El padre Bonet se anunció como su novio, estuvo sentado en el mismo lecho de la tísica, juntó su mejilla con la de la moribunda y así la escuchó en confesión. Incluso, como si de acariciarla se tratase, la ungió con los santos óleos, que llevaba disimulados en una pitillera de metal.

Doña Rosa y doña Antonia visitan con mucho nerviosismo, y un temor que no pueden esconder, la clínica del doctor Bonet. Repetirán después varias veces, ya con mayor tranquilidad. Y meses más tarde doña Rosa asistirá a una de las primeras misas que el esforzado cura ha comenzado a celebrar los domingos. Tiene copiado a mano, en folios, el misal; sirve de altar la pequeña mesa de operaciones; como cáliz se usa una copa de plata. Los asistentes son pocos y muy escogidos; impresionan la unción, el fervor con que siguen el santo sacrificio. Aquélla es la iglesia del silencio, de la clandestinidad; y sus feligreses se sienten trasladados muchos siglos atrás: a la fe de las catacumbas.

Un día, cuando ya tenían cierta confianza, el padre Bonet le dijo a mi madre:

—¿Y por qué no trae también a su marido? ¿Acaso no es creyente?

—¡Oh, sí, claro que sí! Pero ni él ni el de doña Rosa saben que venimos por aquí. Están muy asustados, ¿comprende, padre? Y es natural, con lo que han pasado...

—Desde luego. El Señor nos ha sometido a todos a una prueba muy difícil...

—Sobre todo, a ustedes, los sacerdotes. ¿A cuántos han asesinado?

—No se sabe... Quizás quince mil, entre clero secular, órdenes religiosas y monjas. Y a diez obispos. Todos murieron sin renunciar a su fe; lo mismo que tantos millares de civiles. No se ha dado, que yo sepa, un solo caso de apostasía. Así que dichosos los mártires, que ya están a la diestra del Señor...

Llamaron a la puerta. El padre Bonet se puso la bata médica, que había dejado sobre una silla. Doña Rosa se descalzó, se quitó la media y se sentó en la butaca ortopédica. Entró una de las supuestas enfermeras.

—Una señora solicita un practicante para poner una inyección de aceite alcanforado a un enfermo grave.

—¿Ha dicho quién la envía?

—De parte del doctor Montañés.

Era otra de las claves.

* * *

Ésta era la cara oculta de la ciudad. Había otras muchas igualmente disfrazadas, encubiertas, disimuladas, silenciadas oficialmente: las cárceles, donde los presos políticos se hacinaban como rebaños; las checas, cada día más numerosas; los campos de concentración que comenzaban a instalarse por las cercanías de la ciudad. Y aún quedaban los centenares de personas escondidas, las ocultas en buhardillas, tras puertas convertidas en tabiques, como emparedadas, y las que cada madrugada cambiaban de domicilio, e incluso las disfrazadas y aquellas que para salvar la piel se dieron al histrionismo: monjas que simulaban estar casadas con el dueño de la casa, oficiales del ejército convertidos en fontaneros, curas que trabajaban de albañiles, que incluso construían fortificaciones...

La otra cara de la ciudad, la externa, había recobrado apariencias de normalidad desde que llegó el gobierno. Las calles estaban tranquilas y la gente volvía a pasear; muy abrigada, porque el otoño estaba siendo gélido. Y a falta de sombreros, seguía sin verse ninguno, los hombres, especialmente los que andaban cercanos a la alopecia o de lleno metidos en ella, se cubrían con gorras o con boinas. La corbata continuaba siendo prenda maldita, desterrada por completo del uso cotidiano.

189

Y, sin embargo, resultaba paradójica la estampa de los ministros, de los altos cargos; por supuesto, del presidente de la República. Todos vestían al más puro gusto burgués, abrigos cruzados de buen corte, zapatos brillantes y sombrero. Sí; ellos llevaban sombrero, siempre y en todas partes. Azaña, Álvarez del Vayo, Martínez Barrio, Casares, Marcelino Domingo, Giral se tocaban con elegantes chapeos de oscuros colores. Tenían que dar la imagen externa de la zona republicana; la que difundía la prensa de los países amigos, la que cumplía a una democracia seria. Prieto era el único discrepante, también en esto; a él sólo se le veía cubierto por su inseparable chapela.

Los locales de espectáculo funcionaban a tope; soldados y oficiales, funcionarios y refugiados, empleados y gerifaltes de los partidos y los sindicatos llenaban cines y teatros. En el Ruzafa, Pepita Huertas, vedette hermosa y con mucha picardía, entusiasmaba al público en su interpretación de *Las tocas*, una revista cuyas pegadizas canciones tarareaban todos a la salida:

—La criada que entraba en la casa, bendecía su nombre y su estrella; de doncella entró allí Nicolasa y al mes justo ya no era doncella...

Las carteleras cinematográficas abundaban en películas soviéticas: *Los marinos de Kronstad, Tchapaiev, el guerrillero rojo, La línea general*. Y en documentales que exaltaban el éxito de los planes quinquenales, la maravilla de la economía y la perfección militar de la URSS, la ejemplaridad de la enseñanza y la bondadosa, humanitaria gestión que, con admirable acierto, desempeñaba José Stalin, al frente de los destinos del paraíso de los trabajadores.

Se proyectaban también noticiarios del frente; por supuesto, las fuerzas leales salían victoriosas en todos los combates. Especial atención se dedicaba a las Brigadas Internacionales y a sus jefes: Lukács, Kebler, Hans Kahle, Nenni, Togliatti, Paulov, Voronov, Orlov, Kremer, genios de la guerra, que tan desinteresadamente habían venido a España para ayudar a la democracia en lucha. Y se glorificaba, no fuesen a ponerse celosos, a los bravos adalides del ejército popular, a Líster y a Modesto y a Cipriano Mera y a El Campesino, de hirsutas y negras barbas y aspecto fiero. De todos modos, la estrella de los noticiarios era, por entonces, el general Miaja, héroe de la resistencia de Madrid, con sus ojitos chicos amparados por unas gafas de cristales redondos, siempre mal colocadas, en difícil equilibrio sobre la nariz gordezuela.

El Bataclán vivía momentos de esplendor. Sus mejores clientes eran, ahora, los internacionales y los altos jefes militares, que andaban sobrados de dinero y disfrutaban lo indecible en aquel ambiente casi parisién. Maruja Colás seguía siendo la máxima estrella, la diosa del local; en noches de orgía desatada, se desnudaba por completo, se subía a la mesa de algún político importante, de algún ilustre mando soviético y se dejaba duchar con champán para que el mandamás lo bebiese entre sus abiertos muslos, adonde le llegaba enriquecido por el cosquilleo de su vello púbico.

Alguna noche, quizás muchas noches, la chica morena, la amiga de siempre de Pepito Banquells, le dedicaba un recuerdo y hasta se entristecía pensando en él; sobre todo, si el acompañante de turno pedía Calisay.

*   *   *

Alejado del ambiente movido de la ciudad, en su residencia de La Pobleta, a pocos kilómetros de aquélla, el presidente de la República recibe a algunos ministros, no a todos, despacha de tarde en tarde con el presidente del gobierno, pasea por los jardines, disfruta con la paz de la huerta, que tanto conmueve su sensibilidad de intelectual, lee y escribe. Sobre todo, escribe. Unos cuadernos donde refleja su desánimo, su pesar, su escepticismo y su amargura. También, sus rencores, sus antipatías.

A la ciudad va muy pocas veces. Sólo si se lo exige algún acto oficial de especial trascendencia, si se lo impone el protocolo del Estado. En estos casos, se le nota distante, poco hablador, escasamente afectivo con alguno de los miembros del gobierno. Cumple su función presidencial con absoluta frialdad; verdad es que tampoco en la calle encuentra excesivo calor. Una tarde en la que un soldado le vitorea con frenesí, cuando pasa en el coche oficial, de vuelta a la residencia, le comenta a Dolores, su mujer:

—Ése debe de ser de Alcalá de Henares.

Como él.

Distinta es su cara, incluso sonríe y saluda con efusión y aplaude entusiasmado, cuando asiste a algún concierto. Para atender al cuerpo diplomático, no se olvide que esta ciudad es ahora la capital de la República, para potenciar su imagen de normalidad frente al exterior, se ha programado una serie de excelentes audiciones sinfónicas; don Manuel Azaña es asiduo a todas ellas.

Allí se encuentra con los intelectuales que han venido de Madrid; también son refugiados. Algunos le placen; a otros los detesta. Pero son gente de su mundo preferido, escritores, pintores, músicos. Le hablan de libros y de cuadros y de sinfonías; con ellos se evade de la obligación política, de la servidumbre del cargo, ese cargo que se le ha convertido en un título meramente honorífico, vacío de capacidad decisoria.

Vuelve a La Pobleta más plácido de espíritu, más feliz. Se pondrá a escribir quizás con menos hiel. Aunque sin dejar, por eso, de zaherir a Companys y a José Antonio Aguirre, los dos presidentes autonómicos a quienes odia, por su sectarismo separatista, por su indiferencia ante la guerra cuando ésta se sale de sus confines regionales. Y se lamentará de que no cesen las ejecuciones, de que el ejército esté mal mandado, de que los rusos impongan su absoluta hegemonía en la España que él preside.

Es la tragedia de un hombre inteligente y débil, capaz y medroso, juicioso y desordenado, agnóstico y dubitativo, que cuando nada tenga ya remedio, pedirá paz, piedad y perdón. A sabiendas de que no fue capaz de imponerlas desde su suprema autoridad.

* * *

Tío Jaime venía últimamente a vernos con bastante frecuencia. Su batallón había regresado a la ciudad para descansar y reponer efectivos y eso le permitía hacerlo. Además daba la sensación de encontrarse muy a gusto entre nosotros; como si después de las duras jornadas en el frente, necesitase relajarse en el ambiente de la familia. Algo había cambiado en él, parecía más introvertido, más sentado. Y reveló insospechadas debilidades sentimentales: cada vez que en sus charlas con nuestro padre evocaban sus años de adolescencia, recordaban a su madre y lo mucho que la hizo padecer, no podía ocultar una emoción indudablemente sincera.

Apenas hablaban de la guerra; una tarde, comentando la marcha de Balanzá, explicó Jaime:

—Ha salido con todas las de la ley, con los pasaportes que le facilitaron en el ministerio de Estado. En cambio, la mayor parte de quienes se van o, más bien dicho, intentan irse, se juegan la cárcel y, por supuesto, perder el dinero, mucho dinero, que les costó arriesgarse.

—¿Qué quieres decir?

—Que algunos cónsules poco escrupulosos e, incluso, algún embajador de cualquier estado de tercera categoría, tienen montado un negocio de pasaportes falsos, que cobran, cuando menos, a cinco mil duros. Consiste en adjudicar a quienes se confían a ellos la supuesta nacionalidad de sus países y facilitarles la oportuna documentación apócrifa. Siempre, como podéis suponer, sin conocimiento de los respectivos gobiernos.

Se sirvió una copa de coñac, de la botella que él mismo nos había traído.

—Al principio el truco dio resultado; pero han abusado tanto, que ahora los carabineros miran con lupa todos los pasaportes y es difícil que puedan colarles ninguno falso.

—Oiga, ¿y cómo puede conseguirse un pasaporte auténtico? —le preguntó don Efrén, que solía compartir estas reuniones.

—Cuestión de influencias en el gobierno o en los altos cargos de los partidos; sobre todo, del socialista, porque en el PC se niegan en rotundo a facilitar la salida de nadie.

—¿Y también hay que pagar alguna cantidad, digamos como soborno?

—Por lo general, no; al menos, no me consta que haya ocurrido. Lo importante son las amistades, los ascendientes políticos. Como les decía, las influencias.

Antes de marcharse, mi padre hizo un aparte con él, ya en el recibidor. Mientras, don Efrén le estaba preguntando a mamá:

—¿A usted le gusta el teatro, doña Antonia?

—Muchísimo. El teatro serio, claro está; la alta comedia, el drama. Y no le digo a mi padre. Es un verdadero aficionado.

—Como que tenía un abono todos los domingos en Eslava...

—Claro que, como comprenderá, no hemos vuelto a ir desde que comenzó la guerra.

—Más de cuatro meses —suspiró el abuelo.

—Pues eso no puede seguir así. He visto en la cartelera que están representando varias comedias; y por buenas compañías, la de Milagros Leal y Soler Marí, entre otras. También reponen en el Principal *Los intereses creados...*

—¡Casi nada! Benavente es uno de mis autores predilectos.

194

—Entonces, no se hable más; el domingo tendremos mucho gusto en invitarles al Principal.

Como era de suponer, Enrique y yo quedamos fuera de la invitación; no nos importó demasiado.

El teatro estaba lleno; poca gente de la ciudad, pues la mayoría del público lo formaban refugiados madrileños y oficinistas de los ministerios. Además de los inevitables intelectuales, también acogidos a la relativa tranquilidad de lo que llamaban, con manifiesta exactitud, *el Levante feliz*. Casi todos iban vestidos como antes, es decir, sin incurrir en desaliños proletarios. Eran petulantes, desdeñosos, se consideraban por encima de los demás.

Había escritores, incluso de mérito, y músicos y pintores y abstrusos pensadores, que pontificaban al hablar y lo hacían relamidamente, con muchas pausas y muchas miradas al infinito. Bastantes llevaban barbitas en punta, bien recortadas, que recordaban la de Lenin; y ellas se peinaban con los cabellos hacia atrás, muy pegados y fumaban sin parar y eran huesudas y apenas se maquillaban, con todo lo cual tenían un aspecto ambiguo, como de marimachos.

Se les veía en todos los actos oficiales, no en vano estaban viviendo a costa del gobierno y no se perdían festejo ni concierto ni función. De cuando en cuando, escribían un artículo propagandístico o hacían declaraciones en los periódicos, glorificando el heroísmo del pueblo, en su lucha contra la invasión alemana e italiana. Casi ninguno anduvo por los frentes de batalla, colaborando directamente en esa lucha; a pesar de que bastantes estaban en edad militar. A lo más, les llevaban a unas trincheras alejadas de cualquier peligro y allí se fotografiaban y reiteraban ante los corresponsales extranjeros la decidida entrega de la intelectualidad española a la causa de la República.

La representación de *Los intereses creados* ofreció el atractivo, ciertamente grande, de que el personaje de Crispín lo interpretase su creador literario, el mismísimo Benavente. Fue reiteradamente ovacionado y al saludar desde el escenario, terminada la función, don Jacinto levantó el puño, un puñito menudo, casi de niño, para agradecer el entusiasmo del público. Lo hizo con cierta timidez, sin excederse en el gesto, como por compromiso; pero su saludo provocó frenéticos aplausos.

En el entreacto, el matrimonio Calatayud coincidió en el vestíbulo con la mujer de Ochando, el militar. Se saludaron fríamente; la conversación resultó tan protocolaria como incómoda.

—Les encuentro muy bien... —había dicho la señora.

—La procesión va por dentro. ¿Cómo está el coronel?

—General —rectificó—. La semana pasada le han ascendido.

—Que sea enhorabuena.

—Ahora está destinado en el Estado Mayor del general Asensio Torrado. Un puesto de mucho compromiso.

—Lo supongo. Pues nada, señora, encantado.

—Lo mismo digo.

Don Enrique no le dio la mano; se contentó con insinuar una inclinación de cabeza. Doña Antonia, ni eso. A don Efrén y doña Rosa, que habían quedado discretamente retirados, les explicaron:

—Teníamos algún trato con ellos; coincidíamos todos los domingos en misa de doce. El marido es coronel; mejor dicho, acaba de informarnos que le han ascendido a general. Premio a su lealtad, claro.

—Yo diría que a su cobardía. Y que Dios me perdone —apostilló doña Antonia.

Camino de casa, comentaron la rica filosofía contenida en la comedia que acababan de ver y que todos ellos, por supuesto, ya conocían.

—Es un prodigio de observación, un acabado estudio de la frágil naturaleza humana —enfatizó don Efrén. Y su mujer, en la misma línea:

—¡Con esas frases tan agudas, que son como alfilerazos...!

* * *

El 20 de noviembre, la zona roja se conmovió con la noticia de la muerte, en el frente madrileño de la Universitaria, de Buenaventura Durruti. Sus causas eran confusas; según el gobierno, fue un accidente lamentable: al carismático líder anarquista se le disparó el naranjero cuando bajaba del automóvil. Otras versiones hablaban de un disparo perdido procedente del enemigo. Pero los militantes de la CNT y de la FAI, que le adoraban, estaban convencidos de que había sido víctima de un complot comunista.

Hubo graves enfrentamientos entre unos y otros; enfrentamientos con sangre. Durante unos días, volvió el terror a las calles; no tanto en nuestra ciudad, donde esta vez el gobierno movilizó todas sus fuerzas militares para contener a los exaltados libertarios. Pero no pudo impedir que intentasen asaltar varios hoteles donde, según ellos, holgaban los políticos y los emboscados, ajenos a la lucha del pueblo en armas. Y que prendiesen fuego de nuevo a los archivos de la Audiencia.

Cerraron los comercios, ante el cariz que tomaba la situación, y muchas personas volvieron a esconderse prudentemente. Aunque no sólo los de derechas; bastantes dirigentes del PC optaron por desaparecer de la circulación, temerosos de la desatada furia anarcosindicalista. Nosotros, encerrados en casa, seguimos con preocupación las refriegas callejeras, que contemplábamos desde las ventanas, con las naturales precauciones. A los dos días, la guardia de Asalto y los soldados del gobierno lograron dominar la situación y volvió la calma.

El entierro de Durruti fue un espectáculo impresionante. Peregrinó el cadáver desde Madrid a Barcelona, con escala en nuestra ciudad, y en todos lados,

millares de milicianos anarquistas, con pañuelos rojinegros al cuello, aclamaron a su líder. En la plaza de
Castelar colocaron un gigantesco retrato del héroe,
con su característica gorra de cuero y orejeras y su
ancha sonrisa campesina. Cinco ministros (ninguno
comunista) presidieron aquí la comitiva fúnebre, encabezada por dirigentes de la FAI y la CNT, que por-
taban docenas de herraduras de flores, que sustituían
ahora a las antes clásicas coronas.

Isabel llamó por teléfono a mi hermano; últíma-
mente lo hacía algunas veces, sin que nuestros padres se diesen por enterados.

—No podré verte en dos o tres días; mi padre está
aquí. Se ha venido del frente para asistir al entierro
de Durruti. Además, no quieras saber cómo anda de
humor. Por lo visto, admiraba mucho al difunto.

El mismo día en que murió el líder anarcosindicalista, José Antonio Primo de Rivera era fusilado en
la cárcel de Alicante, dando cumplimiento a una sen-
tencia dictada por el sedicente Tribunal Popular que
le juzgó. Con el jefe de la Falange Española fueron
ejecutados otros cuatro condenados, dos militantes
falangistas y dos de la Comunión Tradicionalista. La
prensa publicó apenas veinte líneas dando la noticia,
un despacho de agencia.

* * *

En los primeros días de diciembre, la visita del
tío Jaime tuvo características distintas de las habituales. Se encerró con nuestros padres en su habitación y allí estuvieron metidos más de media hora. Al
salir, se asomó al comedor, para darnos un beso a
Enrique y a mí y saludar a los Velasco.

—¿Cómo va ese idioma vernáculo? —le bromeó
a don Efrén—. ¿Ya ha conseguido hablarlo?

—Todo se andará; sobre todo, si nuestra estancia
aquí se prolonga, como parece que va a ocurrir.

—Sí, la guerra está cada día más complicada. A la otra zona han llegado soldados italianos y aviadores alemanes, que nivelan la superioridad que habíamos alcanzado con los internacionales. Así que sospecho que tendrá usted tiempo de aprender nuestra lengua.

—No me resultará difícil, con la base del latín. A lo que no me acostumbro es a utilizar ciertas palabras frecuentes en ustedes y que, en realidad, no son castellanas. Por ejemplo, pozal por cubo, portería por portal, camal por pernera. Y esa barbaridad, usted dispense, del *tirar* las cartas en el buzón.

Como si hubiera hecho una invocación, aquella tarde recibió don Efrén carta de Madrid. La leyó con gesto disgustado.

—¿Malas noticias? —preguntó doña Rosa, que advirtió el ceño fruncido de su esposo.

—Ha caído una bomba de aviación en casa. Por fortuna, no era de mucha potencia; pero ha destruido parte del tejado y de la buhardilla. No hubo víctimas.

—Menos mal. ¿Qué más te cuentan?

—No lo sé. El resto del escrito viene tachado por la censura.

Le mostró la carta: salvo las primeras líneas y la despedida, todo lo demás estaba cubierto por gruesos trazos de tinta china, que impedían su lectura.

* * *

Nuestro padre nos convocó en su habitación, con cierto misterio.

—Tenéis que haceros unas fotos de carnet, ahí enfrente, en La Karaba. Id por separado; y que los porteros no se enteren.

Los porteros seguían muy comedidos; entre el relativo orden que había impuesto el gobierno en la ciudad y la frecuencia de las visitas de tío Jaime, parecían haberse tragado toda su agresividad. Se limitaban, eso sí, a no darnos los buenos días y a dejar sucio el rellano de nuestro piso, que Amparo tenía que fregar. Eulalia había suspendido las tertulias con sus amigachas y ahora se pasaba las horas junto a la Trini, cuya tripa engordaba por momentos.

—¿De frente o de perfil? —pregunté.

—De las dos formas.

—Si te parece, nos haremos varias, por si alguna sale mal...

La sugerencia fue de Enrique, que vio la oportunidad de conseguir una fotografía para su Isabel. Le salió bien el pretexto; podíamos retratarnos por triplicado.

—¿Y para qué hacen falta? —me atreví a preguntar.

—Nada, cosas de trámite; para unos documentos sin importancia.

No puede decirse que saliésemos demasiado agraciados; ya se sabe lo que eran esas fotos llamadas «al minuto», aunque tardaran más de media hora en entregarlas. Hicimos tiempo dando una vuelta por la plaza; frente al ayuntamiento había guardia de lujo, un destacamento de la escolta presidencial. Las Cortes —lo que de ellas quedaba— iban a reunirse en el salón de actos y se estaba acondicionando el local para tan histórico evento.

Patrullaban por vez primera, en sus pequeñas camionetas, los integrantes de un nuevo cuerpo de vigilancia que acababa de crearse: la Guardia Popular Antifascista. Como utilizaban en sus uniformes grises, de rayadillo, las iniciales GPA, se les empezó a llamar «la guapa». Y a sus vehículos, el canguro; porque su función primordial consistía en detener emboscados, personas de 18 a 30 años cuyas quintas habían sido movilizadas y que rehuían cumplir con sus deberes militares. De ahí que los agentes se dedicaran a pedir la documentación a cuantos aparentaban tener una edad que les obligaba a estar en el frente y no bebiendo cerveza en Balanzá o en Barrachina.

Enrique, que aparentaba más años de los que tenía, me trasladó su inquietud:

—Oye, que no tengo cédula. A ver cómo les demuestro que aún no he cumplido los dieciséis...

—Como no sea bajo palabra de honor...

—Déjate de bromas; vamos por las fotos y a casita en seguida.

No pude evitar guasearme de mi hermano.

—Si no te hubieses empeñado en ponerte de pantalón largo, para impresionar más a Isabel...

—¿Pero cómo voy a ir de pantalón corto, con estos pelos en las piernas?

A pesar de su tupido vello, volvió a ponerse de corto, ya que el bombacho estaba mal visto: era moda de señoritos. Aunque para visitar a Isabel se la jugaba, vistiéndose de hombre.

* * *

El martes, 8 de diciembre, antigua festividad de la Purísima, patrona de España y de la Infantería, que ni que decir tiene que en la zona republicana se consideró día laborable, nuestro padre salió de casa temprano; alrededor de las siete de la mañana. Poco después lo hacían mamá y doña Rosa, muy satisfechas por tener el campo libre; iban a la clínica callicida del doctor Bonet, a recibir la comunión de manos de su hermano, el cura.

Alrededor de las doce, llamó papá por teléfono para avisar que no le esperásemos a comer; lo haría con su hermano Jaime. No le vimos hasta pasadas las ocho, lo que tampoco era normal. Llegó sonriente, llevando en la mano un sobre grande y pidió que nos reuniéramos todos en el salón, incluidos el matrimonio Velasco y Amparo, la cocinera.

—Todo lo que voy a decir es absolutamente confidencial; nadie que no sea de la familia puede conocerlo. Ustedes —se dirigió a don Efrén— ya forman parte de ella.

El catedrático agradeció el cumplido con una

sonrisa. Mi padre puso el sobre encima de la mesa y lo señaló con su índice.

—Ahí dentro hay unos pasaportes. Para Antonia y para mí, para don Luis y para los chicos. Son absolutamente legales; como el resto de la documentación. Eso quiere decir que, Dios mediante, dentro de tres o cuatro días, la fecha exacta tiene que confirmármela mi hermano, saldremos hacia Alicante, para embarcar allí en un buque extranjero, rumbo a Marsella.

Mamá le abrazó; tenía los ojos húmedos. Enrique y yo palmoteamos con júbilo, Amparo se echó a llorar y don Efrén tan sólo dijo:

—Nos alegramos de corazón.

—Ustedes —señalando al matrimonio Velasco— se quedarán, naturalmente, en esta casa, como dueños de ella. Y por supuesto, a título gratuito. —Cortó la pretendida interrupción—. Bastante tendremos que agradecerles que la cuiden, que la conserven con el celo que me consta que van a poner en ello. Y ni que decir tiene, les acompañará Amparo; bueno, si así lo desea...

—Claro, claro... —sollozó la vieja sirvienta.

—Como ya supondrán, debo los pasaportes a mi hermano, que llevaba bastantes días gestionándolos. Sólo lo sabíamos Antonia y yo.

—Entonces —intervine—, para eso eran las fotografías.

—Naturalmente. —Se puso muy serio—. Insisto en que todos deben guardar el más riguroso silencio; a pesar de que la documentación es absolutamente correcta, Jaime me ha advertido que cualquier indiscreción podría echarlo todo a rodar.

—Por nuestra parte, pierda cuidado, don Enrique —dijo el señor Velasco.

Mi hermano estaba muy callado. Nuestro padre pareció adivinar sus pensamientos.

—En todo caso —hizo como que se dirigía a mamá—, si tenéis especial interés en despediros de alguien, podréis hacerlo el mismo día que nos marchemos.

Se hizo el silencio; la emoción nos vencía a todos. El primero en romperlo fue don Efrén.

—No sé cómo agradecerle la confianza que deposita en nosotros; si le parece haré un inventario de los muebles y pertenencias del piso...

—¡Por favor! —le interrumpió papá—. ¡Faltaría más! Incluso le digo que pueden disponer de todo, como si fuese suyo: sin la menor limitación.

—Otra vez muchas gracias.

—Y ahora seguiremos haciendo la vida normal. Hasta que, Dios mediante, llegue le fecha señalada para la marcha.

Los días inmediatos los pasamos en pura excitación, que procurábamos disimular. Mi hermano supo aguantarse sus deseos de hablar con Isabel; se portó como un hombre con pantalones cortos. El viernes, 11, llamó Jaime a papá, a primera hora.

—A las tres iré a veros... —fue lo único que le dijo.

Le recibimos con la natural expectación; quiso que Enrique y yo estuviésemos presentes en la conversación.

—Os iréis mañana. —Aplacó con un siseo nuestras muestras de entusiasmo—. Tenéis que salir por separado, como un día cualquiera. Tú, a las nueve, a abrir la tienda; al cabo de media hora, tú, Antonia, como si fueras a la compra. El abuelo que se vaya con uno de los chicos a eso de las once. El otro, alrededor de las doce. A las doce y media tenéis que estar todos en mi casa; ya sabéis dónde.

—¿No podría salir yo antes que el abuelo y Eduardo? —preguntó mi hermano.

—Da lo mismo; lo importante es que las salidas de casa estén espaciadas.

—¿Y las maletas? —preguntó mamá—. Las tengo ya listas, solamente dos, como tú nos dijiste y con lo más indispensable.

—Esta noche volveré con dos maletas vacías. Si están los porteros no se extrañarán, porque me ven llegar muchos días con paquetes. Volveré a salir al poco rato, otra vez con las maletas, como si aquí hubiese vaciado su contenido. Serán de nuevo las mías, naturalmente, pero las habremos llenado con vuestras cosas.

—¿Y cuando lleguemos a tu casa?

—Estaré esperándoos; con Rogelia, que debéis saber que ha sido, en realidad, la que lo ha arreglado todo. También estará aguardando mi coche oficial; el conductor es de toda confianza. —Nos miró y apuntó una sonrisa—. Algo apretados tendréis que ir; pero el Chrysler es grande y tiene transportines. No os preocupéis, que el chófer, se llama Rafael, lleva toda clase de salvoconductos y autorizaciones. En tres horitas podéis estar en Alicante.

—Si Dios quiere...

—Claro que querrá, hermana Tonica. —Le hizo una carantoña—. Rafael tiene instrucciones precisas; os llevará directamente al muelle y allí se quedará hasta que os vea embarcados. El buque, que es de nacionalidad inglesa, zarpará a las siete de la tarde.

Paseó su mirada por todos nosotros.

—¿Lo habéis entendido bien?

Asentimos en silencio.

—Entonces, Enrique, ya sólo falta que te dé dinero.

—¿Pero qué dices? Ya te expliqué que en Vigo tengo unos proveedores que me fiarán lo que haga falta. Espero, incluso, que me faciliten trabajo. También me queda parte de lo que saqué del banco, los primeros días...

—De todos modos, hay que pensar en cualquier imprevisto. Y en lo caro que está todo en Francia.

—¡Pero si apenas estaremos un día!

—De todos modos. Toma y calla; ya era hora de que tu hermano te echase un cable, después de tantos sablazos como te he dado en esta vida...

Le entregó un sobre; tras una breve duda, nuestro padre lo cogió y apretó fuerte la mano de tío Jaime.

—Muchas gracias; te lo devolveré cuando todo acabe...

—Déjate de historias, que, como diría Tonica, sólo Dios sabe si volveremos a vernos...

—¡Claro que sí!

—Y ojo con esto: repartíos el dinero entre todos y llevad parte de él disimulado... No sé, en los zapatos, por ejemplo. Con la documentación que presentaréis, confío en que el registro de los carabineros sea puramente rutinario.

Volvió a repasarnos con la vista.

—¿Tenéis alguna duda?

—Ninguna, Jaime, ninguna —dijo nuestro padre, que se levantó al tiempo que lo hacía el tío y le estrechó en un abrazo fortísimo.

También mamá le abrazó y le besó, entre la inevitable llantina. Y el abuelo y nosotros, sin perder la compostura, aunque sinceramente emocionados.

—Bueno, dejaos de escenas. Hasta mañana a las doce y media.

Salió rápidamente, sin dar tiempo a que le acompañásemos. Pero todos pudimos darnos cuenta de que también estaba impresionado, de que tenía los ojos brillantes, aunque procuraba disimularlo.

* * *

Se cumplió a rajatabla el plan previsto. Enrique, padre, fue el primero en llegar a casa de Jaime; más exactamente a casa de Rogelia.

Le recibió su hermano en una salita no demasiado grande, con dos butacones y varias sillas. Sobre una consola, enmarcada, la foto de Pablo Iglesias. A la media hora justa llegó Antonia.

—Vamos a avisar a Rogelia. Si os parece bien...

—Naturalmente que sí.

Aparentaba menos edad de la que tenía; cierto

que iba bien maquillada. Era alta, casi tanto como Jaime, y vestía un traje de chaqueta gris, muy discreto. La mandíbula algo prominente revelaba su carácter enérgico; los ojos eran claros, dulces, en contradicción con cierta dureza de facciones. Alargó su mano a Enrique, que se la apretó al estrecharla. Mamá la besó en las mejillas.

—Nunca podremos agradecerle este favor, Rogelia. Lo que lamentamos es que nuestro conocimiento tenga que ser tan rápido...

—No crea; yo les conozco bien a ustedes. Jaime me ha contado tantas cosas, lo mucho que le debe a usted, Enrique, los disgustos que le dio a su madre, de chiquillo. Bueno —endulzó la voz—; la verdad es que sigue siendo un chiquillo...

—Con un corazón de oro... —precisó doña Antonia.

—Ya está bien, que me vais a sonrojar —cortó Jaime—. Lo lamento mucho pero tengo que irme a la comandancia. Quiero hablar con Alicante, para que tengáis en el puerto gente que pueda echaros una mano, si hiciera falta, que no la hará. Y las conferencias tardan por lo menos tres horas...

Ofreció sus brazos a Enrique; estuvieron varios segundos estrechados el uno contra el otro y se besaron en las mejillas.

—¿Hasta cuándo...?

—Vete a saber. Pero estáte seguro de que volveremos a reunirnos.

Nunca más iban a verse. A finales de marzo del 39, Jaime salió de Elda, con destino al Marruecos francés; Rogelia no quiso acompañarle. Se sentía responsable de sus actos y quería purgar sus errores, ahora que los comprendía. Estuvo tres años en la cárcel; al salir, escribió un libro de memorias, cargado de amargura, de decepciones. Y en el que su amor por Jaime se revelaba en cada página.

Él anduvo por Rabat, hasta que consiguió emplearse en las obras del ferrocarril transahariano. Cuando estalló la guerra mundial, se alistó voluntario en la legión francesa; tras la derrota, pasó a la clandestinidad y tomó el mando de un grupo de partisanos, todos españoles. Sus hazañas con la Resistencia —dos veces fue herido de gravedad, quedó medio cojo— le valieron los galones de sargento y con ellos entró en París, el día de la liberación, subido en los tanques de Granell.

Al terminar la guerra, se residenció en Lyon; cobraba una pensión, como mutilado, abrió un puesto de frutas en el mercado de abastos, vivía holgadamente. Todas las semanas se carteaba con su hermano; aunque se resistía a regresar a España. Era inútil que Enrique le asegurase que podía hacerlo sin problema, que había gestionado la documentación precisa que así lo aseguraba. Su orgullo, quizás lo único que le quedaba de sus pasiones juveniles, le impedía volver como derrotado.

Un mal día le falló el corazón. Y se quedó para siempre allí, en tierra extraña, bajo una losa donde están escritos su graduación militar, en un ejército también extraño y sus méritos de guerra, en la defensa de un país que no era el suyo.

Enrique y Antonia visitan su tumba todos los años. Y dejan sobre ella flores. Flores rojas, los colores por los que luchó.

Aunque lo hiciera sin darse demasiada cuenta.

* * *

La ha llamado por teléfono a las diez y media de la mañana.

—Perdona que te despierte; ya supongo que estarías dormida, porque te acuestas muy tarde. Pero he de verte sin falta dentro de veinte minutos. Es urgentísimo, inaplazable...

La chica tiene los ojos soñolientos, la cara húmeda porque buscó desperezarse debajo del grifo, los cabellos están revueltos. Se ha colocado una toquilla sobre los hombros, pues el día es frío.

—¿Qué es eso tan apremiante? —pregunta, inquieta.

Se lo dice de sopetón, sin preámbulo alguno.

—Dentro de una hora nos vamos a Alicante. Y de allí, a Francia. Con pasaportes en regla, desde luego.

Isabel no sabe qué contestar. Isabel se ha quedado sin habla, como obnubilada. Se abraza a Enrique, hecha un puro llanto.

—Pero volveré; cuando todo haya terminado, cuando podamos soñar otra vez...

—¿Y si los de mi padre ganan la guerra?

—También tendremos que volver.

—¿Y si la ganan los otros?

—Con mayor motivo.

—¿Y si a mi padre le fusilan?

—¡Qué tontería! Y aunque así fuera, ¿qué? Aún tendría que quererte más.

—Pero es que yo sería la huérfana de un rojo.

—Yo he podido serlo de un burgués. ¿Acaso tú y yo tenemos algo que ver con ellos?

—Eso me pregunto todos los días. Por qué hemos de estar también en un bando o en otro.

—Los bandos son cosa de nuestros padres. Menudo ejemplo nos están dando: para que nunca se nos ocurra seguirlo.

—¿De verdad no vas a olvidarme, Enrique? Allí, tan lejos...

—¿De verdad me quieres?

Se besan. Una, dos, muchas veces. Pero ahora lo hacen ya con todas sus fuerzas, rabiosamente. Son besos profundos, auténticos, besos de amor. Y también besos de esperanza.

Porque son besos de paz.

BREVE INDICACIÓN PARA VIEJOS IRRECONCILIABLES Y JÓVENES INCRÉDULOS

Los hechos básicos que en esta novela se han contado sucedieron realmente; y sucedieron así. Reales son también la mayoría de los personajes y cierta su peripecia personal, aunque, con alguna excepción, haya modificado sus nombres. En cuanto a los políticos que aparecen en el relato, perfectamente identificados, suyas son buena parte de las frases que les atribuyo.

Sucede que todo lo que aquí he escrito lo viví, siendo adolescente, allá en Valencia, mi ciudad. Conocí, pues, de ciencia propia, horrores y esperanzas, vilezas e iniquidades, nobles y hermosos gestos. En unos y en otros; pues ni perfidia ni bondad fueron atributo exclusivo de ninguno de los dos bandos.

Obviamente, la recreación de la época exigió determinadas licencias literarias para adecuarla a las limitaciones de espacio y a la fluidez narrativa que todo libro requiere. Pero insisto: ni el ambiente, ni los sucedidos, ni las conductas son imaginarias. Ocurrieron tal y como se relatan; yo me he limitado a rescatarlas del desván de mis recuerdos.

Quiera Dios que de aquel pasado tan sólo puedan quedar para el futuro el amor, la esperanza y la paz que se intercambiaron en su beso de despedida mi pareja de jóvenes enamorados.

Aunque ésos sean los únicos personajes enteramente de ficción.

F. V. C.

Navacerrada, VI-IX de 1996

Índice